多岐沢 よう子

TAKIZAWA Yoko

ダイヤモンド・プリンセス 別れへの船出

結婚記念日を祝う夫婦を
新型コロナウイルスが襲った

文芸社

はじめに

何故、選りに選ってダイヤモンド・プリンセスに乗ったのだろう。

クルーズにさえ出掛けなければ、という思いが、いつも頭の中を駆け巡る。

２０２０年１月20日、７回目の結婚記念日を祝うために、
私たちはダイヤモンド・プリンセスに乗り込んだ。夫75歳、妻74歳の高齢者夫婦だ。

ゆったりと２週間を過ごそうと、期待に満ちて選んだこの船に、
まさか新型コロナウイルスが潜んでいるなどとは、夢想だにしなかった。

しかし、現実は、夫婦で感染してしまった。

夫は亡くなり、私は孤独を噛《か》みしめている。

思い出深い結婚記念日が、夫婦を引き裂く別れの記念日になった。
これが私たちの宿命だとしても、それを風化させるわけにはいかない。
過去にするわけにはいかない。
伴侶を奪われた今を、私は生き続けなければならないのだもの。

〈もくじ〉

序章　期待に満ちて

〈2020年1月20日〜2月3日〉

——記憶はいつもあの日に戻っていく。
何度も何度も指でなぞるように、あの日に戻っていく——

船旅《クルーズ》のはじまり

2020年1月20日

ダイヤモンド・プリンセスに乗船の日。冬のさなかだというのに、陽射しは朝から眩《まぶ》しく、横浜の中華街を抜けて山下公園に向かう頃には、ダウンコートの前を開けても暑いくらいの上天気だった。公園の薔薇《ばら》も陽光を受けてキラキラしていた。海の色も、雲ひとつない青空を映して群青色に輝き、氷川丸を繋留《けいりゅう》するワイヤーに純白のカモメがズラリと羽を休めているのも、カモメの水兵さんの童謡を思い出させる微笑ましさ。青と白のコントラストが見事だった。

船に向かう循環バスが、公園の外れの広場に何台も駐車していて、係に誘導されて乗り込む。国籍もさまざまな乗客たちはもうクルーズが始まったかのように、ハイテンションでおしゃべりに余念がない。産業道路をバスは走り、やがて右手遠くに、巨大な白いビルディングが海に浮かんでいるのが見える。

「ダイヤモンド・プリンセスだ！」

バスの中がどよめく。およそ2週間掛けてアジアを巡る船旅。ベトナムのハロン湾にぜひとも行ってみたいというのが、私たちの夢のひとつだった。

バスを降りて、だだっ広い受付場で簡単な乗船の手続きを済ませ、クルーズカードを首から提げて海側の出口を出ると、目の前に、巨大な船が、およそ11万6０００トンの威容を誇るかのように、聳《そび》え立っている。記念写真を撮ろうとしても、この受付場の建物からの距離では、船首から船尾までの全長２９０メートルを、１枚には写せない。

以前にも乗った気安さで乗船口に行き、クルーズカードを見せ、手荷物検査を受ける。クルーズカードには、それぞれの顔写真から生年月日、クレジットカード情報までが入っていて、クルーが手に持っている機械をかざすだけで、たちどころに本人認証ができる。それはルームキーの役割も果たすから、クルーズの間中身に付けていないと自分の部屋にも入れない。検査が済んで一歩船中に入れば、ここは、横浜だけれど外国。イギリス船籍で運営会社がアメリカだから、もう、アメリカなのだ。飛び交う言葉は英語ばかりで、少し、身の引き締まる思いがする。

今回の私たちの部屋は10階、カリブ・デッキC７１８。比較的後部だが、14階リド・デッキにあるビュッフェスタイルのホライゾン・コートに行くにはあまり廊下を歩かずに済むのはありがたい。巨大な船だから、船首から船尾まで歩くだけで疲れてしまう。廊下は外側の部屋と内側の部屋に挟まれて、大人がすれ違うだけの幅しかない狭さで最初はちょっと戸惑ったが、慣れればそんなものと納得してしまう。

部屋は前と同じようにバルコニー付きにした。クルーズに慣れた人は、部屋は寝るだけと決めて、より安価な窓もない部屋を選ぶらしいが、私たちは海を眺めながらベッドでぼんやりしていたい。

ドアを開けると、すぐ左手斜め前にオープン・クローゼットと、それに面してトイレットとシャワールームがコンパクトにまとまっている。奥にはツインベッドと、鏡台兼デスクが並び電気ポットや電話機が置いてある。その右手がバルコニーに出るガラス戸。カジュアルな狭い船室なのでデスクにも引き出しが両側に3段ずつ。ベッドとベッドの間の電気スタンドの下にも引き出しが3段。たくさんの小物が、難なく収まってしまう。

20日の出港に合わせて最終集荷の15日に配送を頼んだ大きなスーツケースは、すでにクローゼットの前に置いてある。早速に荷を解いて、備え付けのハンガーにどんどん掛け、下着類はこれまたクローゼットとシャワールームの隙間に置かれた戸棚に収め、貴重品も一番上の棚の金庫に入れて戸を閉める。楽な普段着に着替えていると、ふと、夫が真顔で

「地震か?」と言う。

「まさか〜!　もう海の上なのよ」と言うと、「そうか」と納得して苦笑する。

実際、少しフラつくけれど、まだ繋留されているし、案外早くに適応できる。船酔いするような揺れ方ではない。

バルコニーに出て、暮れなずんできた海の空気を胸一杯に吸い込むと、これから2週間の、自由な、非日常の始まりへの期待に、身体中が何とも言えない解放感に包まれて、自然に笑顔になってしまう。

2回目のダイヤモンド・プリンセスでのクルーズ!

2月4日、7回目の結婚記念日を祝うつもりで応募した。74歳と75歳の老境のお祝い。

夕食は、5つあるレストランのどれかにすでに割り振られ、2部制の食事時間も予め決めてあり、席までが指定されている。私たちのレストランは6階フィエスタ・デッキにあるサンタフェ。その情報もクルーズカードに入っているから、カードを見せればホールスタッフが素早く案内できる仕組みになっている。私たちは17時からの早めの夕食に決めていた。慌てずに、食後のシアターを楽しむために。

横浜港出港が17時の予定だったが、実際に離岸したのは18時。今回はベイブリッジの真下を通る時、眺める事はしなかった。前回は、食事中なのに橋の下を通る時に、親切にもアナウンスがあって、興味のある人は席を立って窓際から、あまり見る事のできない景色にはしゃいだのに。サービス精神が少なくなって、白けているような気がしたのを思い出す。

その夜、ベッドに入ってからの事で時計を見なかったが、突然、船がガツン！　という大音響と共に揺れ始めた。ガタガタと大きな音が続き、ひどい揺れが止まず、廊下も騒然としている。まるで「マッコウクジラをミンチにしちゃったみたい」と私は言ったけれど、長時間、衝撃と揺れは続いた。

翌朝、何らかの説明が当然あると思っていたが、説明など一切なかった。何かしら不誠実な、嫌な予感が頭をかすめた。

1月21日

終日クルーズ。その日は5階から7階まで吹き抜けのアトリウムで、果物や野菜を使って、シェフ3人があっという間に西瓜《すいか》で花を、ズッキーニでカエルや殻を割って愛らしい顔を出しているヒヨコなど、カラフルな彫刻を作っていた。それが終われば、お次はデキシーランド・ジャズ、その次はピアノなどなど、次から次へと飽きさせない工夫の数々。

プリンセス・パターと呼ぶ新聞が毎朝配られる。その日のイベントが見開き2ページにわたって細かい字でぎっしりと印刷されている。盛りだくさんのお楽しみメニューがあるなか、それぞれ、自分たちに興味のあるものを選んでゲームをしたり、ダンスをしたりと、日常の生活から離れて、皆が年齢も忘れて、嬉々《きき》として子供時代に戻ったように動き回っている。乗員乗客3711人が乗り合わせたこの船には、しばし生活を共にする、運命共同体の仲間意識みたいなものが互いにあって、居心地よく、のどかに時間が流れてゆく。

ビュッフェスタイルのホライゾン・コートには、いつ行ってもたくさんの料理、果物、ペストリー、デザートが並び、海を眺めながら開放感溢《あふ》れる空間で食事をする事ができる。空いた皿は日本人以外の、いろいろな国籍とおぼしいクルーたちが素早く下げるし、飲み物もひっきりなしに訊ねてくる。コーヒーとかオレンジジュースとかの発音にも気をつかう。好きなものを好きなだけ、という誘惑に負けないように心しないと、下船時には、着てきた服が入らなくなりそう。ホライゾン・コートから外に出ると、また食べ放題のアイスクリームバー、ピザハウス。

クルーズ初日、私たちはつい朝食を食べ過ぎて、お昼はサラダだけにしましょうね！と言う始末。その代わり、消化のためにと言って、海を見ながら船を一周できる7階のプロムナード・デッキを、風に吹かれながら、誰憚《はば》かる事なく手を繋いで、楽しく仲良く一生懸命歩いた。なかでも、船尾では、巨大なスクリューを回す機械音と、海水がかき回される音を聞きながら、広大な海原に幅の広い航跡が残されていくのを長い間見続けた。さまざまな想念がかき立てられる、私たちの気に入りの場所だ。

1月22日

朝の7時に鹿児島寄港。夫は左の瞼《まぶた》に違和感があって、少し痛いと言う。思いなしか腫れた感じ。私たちは知覧《ちらん》の武家屋敷と特攻平和会館の4時間のコースを予約している。集合時間が早いので、医務室に行く時間がない。瞼を気にしながらホイール・ハウス・バーに集まり、受付に旅券のコピーを見せ、チケット代わりのナンバーシールを服に貼ってもらう。

船から、日本人が日本の鹿児島に降り立つにも、ほかの外国人と同じに入国審査があるし、船に戻るにも出国審査がある。はじめは何だか妙な気がしたけれど、ダイヤモンド・プリンセスというアメリカからの出入国なのだからそうなのね！　と納得する。

鹿児島といえどもやはり冬。薄暗く曇って寒い。バスが港を離れ、山の中を延々と走る。知覧の町まで、小一時間もかかった気がする。こぢんまりと落ち着いて、ひと気もない町に、薬局がないかと目を凝らした。ちょうどバスの駐車場近くに一軒見つけ、早速に駆けつける。薬剤師さんに相談して、サルファ剤入りの目薬を買って安心した。

武家屋敷の家並みは、まるで時代劇のセットの中に入った気分。どんな暮らしをしているのか、巨大なビルの立ち並ぶ都会とはまるで違って、自然と共存する人々の心は穏やかだろうかと、想いを馳《は》せる。

特攻平和会館の、若い兵士たちが肉親に宛てた手紙の数々は、涙なしには読む事ができなかった。それぞれが万感の思いを込めて綴《つづ》った文章には、それぞれの家族とのあり様、強い絆《きずな》、思いやりが溢れているのに、その彼等を待っているのは特攻。

あちこちで憤りと嘆きの声がする。涙を流し、すすり泣きが聞こえる。死をもって、国を守ろうとした彼等に、私たちは報いているのだろうか。私自身の父方の叔父４人が戦死していて、祖母の救い難い悲しみも、父の落胆も知っているつもりだったが、それよりも、もっともっと深い絶望だったろうと思い知る。

1月23日

終日クルーズ。昼間はまたもや好きな事をして遊び、夜のドレスコードはフォーマル。

白人系の人がこのクルーズにたくさん参加していて、女性たちは相当に肌を露出したピチピチのドレスで堂々と歩き回っている。男性たちもタキシードに身を包み、慣れた様子でエスコートし、楽しげに会話している。文化の違いを感じながらも、洋画のワンシーンのような異文化を目《ま》のあたりにし、目の保養にもなって嬉《うれ》しくなる。どんな奇抜な衣装でも溶け込んでしまう、非日常に身を置く喜び。

この船の目玉の催し、シャンペン・グラス・タワーに参加するために、アトリウムには大行列ができて、人がひしめいていた。私たちもその中の二人。お祭り騒ぎが続く。

忍び寄る影

1月25日

香港寄港。やはり曇りで薄ら寒い。5時間の半日観光の予約。白のセーターに黒のパンツスタイルにするつもりだったが、白黒はデモ参加者の色と言われ、急遽《きゅうきょ》、着替える。折から春節のお陰で、街なかは静か。場所を選んでいる事もあるが、デモのカケラも見えない。

香港名物の急勾配を駆け上がるピーク・トラムに乗って、映画『慕情』に出てきたビクトリア・ピークに着くが、すっかり霧に包まれて、見下ろしても街も何も見えない。立派な展望台スカイ・テラスもほとんどの店が休みで、寒さを逃れ、トイレを借りるだけで終わってしまった。

ビクトリア・ピークを降りてから、バスで街なかを走ると、建築中の高い建物の足場に竹が使われているのを見てビックリ。今どきとは思えない風景だ。その後、漁師町アバディーンの港をサンパン船で遊覧。大きめのボートに竹で屋根を付けたみたいな船で、エンジン音がけたたましいが、風に吹かれて爽快だった。

その頃から薄陽が差してきて、バスでレパルス・ベイに向かう。ひと気の少ないベージュ色の砂浜は広々として、のどかな感じ。天后廟《びょう》にはカラフルで中国情緒豊かな像がたくさん立ち並び、撫《な》でるとお金持ちになれるという像には行列ができていた。

半日観光から船に戻り、二人でホライゾン・コートで昼食を済ませた。そのあとは、それぞれ勝手に好きな事で時を過ごす。夫はプロムナード・デッキを一生懸命歩いていた。

夕食後、アトリウムのゆったりしたソファーでのんびりと、二人でカクテルを楽しみながら、22時30分から始まる獅子舞を待つ。ちょうど春節に当たり、すでに香港を出港してはいたが、続々と人が集まり始め、獅子が大音響で登場する頃は、吹き抜けのアトリウムは鈴なりの人に埋め尽くされた。すぐ目の前で繰り広げられる獅子舞は、お祭り気分一杯で、皆の顔も自然に綻んで、賑《にぎ》やかな幸せムード一色だった。

この日、下船した武漢からの中国人が、新型コロナウイルス陽性だったなどと、誰が知ろう？

1月26日

終日クルーズ。この日もアトリウムでビーチサンダル投げだの、楽器の演奏だの盛りだくさん。そして、またもや獅子舞が披露された。触ってみたかった獅子が目の前に来た時、思う存分ふわふわの感触を楽しんだ。やはり大勢の人だかり！　肌の色の違いなど関係なしにみんなお祭りが大好きという顔でニコニコしている。

昼もまた、ホライゾン・コートで好きなものを選んで食べる。できるだけ太らないように、野菜たっぷり、肉類たっぷり、炭水化物控えめが私の定番。夫は甘い物が好きだけれど、ずいぶん気を付けて選んでいたと思う。

1月27日

今日は旧正月1月3日。朝7時にベトナム中部のチャンメイ着岸。今は雨季に当たり、小雨で気温も17度くらいの寒さ。私たちは8時間のオプショナル・ツアーで、フエ王宮、ティエンムー寺、フォーン川クルーズを申し込んである。天気も冴《さ》えず、傘を差しての見物は興を削がれるが、ティエンムー寺で見た沙羅双樹《さらそうじゅ》の木が、日本で言う沙羅の木とは全然違う事を発見。巨大な焦げ茶色の実を付けるなど、想像もしていなかった。

フォーン川を小さな船で遡行し、ちょっと洒落《しゃれ》たリゾート風のレストランで昼食になった。ビュッフェスタイルで美味しそうな料理を選ぶ。クルーズ船とは全く違ったベトナム料理は、日本人には違和感のないサッパリ系だったように思う。

日本人ばかりの中に、白人カップルが一組加わっていた。彼女のほうはこの寒さに真夏の服装で、何故？　とも思えるマスクをしっかりしていたのが印象的で忘れられない。

15時30分頃に船に帰る。14階デッキでメイン・オフェンダーズのヴォーカルとジャズを聴き、海風に吹かれながらピザとコーヒー。中国人カップルが身軽にジルバを踊っていた。

その後、アトリウムでラプソディ・トリオにツィゴイネルワイゼンをリクエストしたら、見事な演奏だった事に大感激。ヴァイオリン奏者は自由にアトリウムを歩き回りつつ、リクエストした私の前で長々と情熱的なフレーズを弾いてくださった。時々、目を見交わしながらのおよそ8分間は、今までに経験した事のない心の躍るひとときだった。

1月28日

10時にベトナム北部のカイラン着。港に着く前から、独特の形をした小島が、無数に海から突きだしているのを、バルコニーから嬉しく眺め続けた。この景色が見たくて来たようなものだもの。気温は15~17度くらいで風に吹かれると身震いするくらい寒い。

暖かい時期に来たら、もっと空も海も晴れ渡って素敵なのだろうけれど、でも憧れのハロン湾をジャンク船でクルーズし、小島、大島、奇岩、などなどを飽きもせずに写真やビデオに撮った。

緑に包まれて変哲もない島に上陸すると、そこには有名な鍾乳洞《しょうにゅうどう》があるそうな。実際、鍾乳洞はあちこちで見たけれど、どこにも引けを取らない規模と美しさに魅せられる。たくさんの人がゾロゾロと歩き、歓声を上げながら見物している。自然が気の遠くなるような年月を掛けて創りあげた物には、本当に強いインパクトがあって、私たちは無言で眺めるばかりだったが。

1月29日

夫が亡くなってから開いた彼の手帳。この日のメモに、血糖値280、高血糖200、max320！　と記されていた。

夫は糖尿の家系で、日頃から血糖値が高めなのを気にしていた。お医者さんにも通っていて投薬を受けていたが、インシュリンを打つほど重症ではなく、ウォーキングやサイクリングなど体を動かすのも好きで、健やかそのものだった。

その日、私には素振りも見せなかったが、随分と気にしていたのを、何故言ってくれなかったかと恨めしく思う。心配させまいとする優しさなのか、食事に口を出されたくない意地なのか。

終日クルーズ。夫はプロムナード・デッキを何周したのか。８７００歩！　医師から食後30分くらい体を動かすよう指示されていて、歩いて血糖値をコントロールするのが家にいる時の常だから、不審ではないけれど。外気温は18度。海風は冷たい。

今日はフォーマルの日。だが、夫はレストランでの食事が嫌だと言い、一人でホライゾン・コートへ。一人でサンタフェに入った私に、ホールスタッフが大げさにガッカリと肩をすくめる。

1月30日

終日クルーズ。波は荒く、風が強い。気温は13度しかなくて、外気が冷たい。さして見たり参加したい事もなく、でも取りあえずどんなものかと、二人でクラブ・フュージョンに行き、ダンス・フィットネスに加わってみる。英語の説明がよくわからなくて最初は様子見でいたが、一緒に音楽に合わせて身体を動かしているうちに乗ってきて、楽しく汗をかいた。

その後、アトリウムでの『ランウェイ・アット・シー』を眺める。応募した乗客がショップの洋服やバッグを身につけて、音楽に合わせて歩いたりポーズを取ったりの、ミニ・

ファッション・ショー。外国の美人が堂々とポーズを取ると、やはり様になっていて素敵だった。

暇つぶしにショップを覗《のぞ》く。以前、空き巣に入られた時に盗まれた気に入りのシルバーリングに似たのがあったので、ねだって買ってもらう。早速指輪を嵌《は》め、またブラブラしていたら、ストールがセール中。夫が明るいブルーの、大胆な柄を選んでくれた！

夜は約７００席あるというプリンセス・シアターで、中国人サニー・チェンのマジック・ショー。私たちはテレビで一流のマジシャンのショーを見ていたから、ちょっといまいちかなぁ、と、あまり気乗りしないで部屋に戻った。

しかし、何となく気持ちが弾まない感じが付き纏《まと》い、喉と鼻の間に違和感があって、私たちは持っていった粉末の龍角散《りゅうかくさん》をひっきりなしに口に含んでいた。

ここ数日、シャワーのお湯の温度が下がって、熱い湯が出ないとクレームを付けたが、なかなか直しに来てくれない。

もっとも、この時はすでに新型コロナウイルスを知って怖がっている人たちが居て、サニー・チェンもその一人だった事を、後の『ＮＨＫスペシャル』が明らか

にしていた。気乗りしないのは当のマジシャンだった！

1月31日

朝7時に台湾の基隆《キールン》に入港。自由行動。レセプションで水餃子《すいぎょうざ》と小籠包《ショーロンポー》の美味しい店を教わったが、要領を得ず、街なかで二人で地図を見ていたら、「何処に行きたいの？」と、地元の女性が気軽に声を掛けてくれる。

どうやら目あての店ではなさそうなので、オートバイに乗った若い女性にたどたどしい英語でたずねると、スマホを掛けて、やはりオートバイに乗った恋人らしき若者を呼びだした。美味しい水餃子が食べたいと告げたら、こっちこっちと先に立って歩いていく。

ごちゃごちゃしたマーケットみたいな中をエスカレーターで2階に上がった鼻先に、水餃子の店があった。一緒に食べないか訊いたが、自分たちはいいと、案内してくれただけで帰ってしまった。親切な人たちに出会って、いっぺんに基隆が好きになる。確かに水餃子も小籠包も、美味しくて量もたっぷりしていて、それぞれを一人前ずつで充分だった。

何か洒落たアクセサリーがないか歩き回ったが、見つからず、少々疲れもしたので港に戻って遠景のダイヤモンド・プリンセスをバックに写真を撮り合ったが、夫に常日頃の元気さがないのが気にかかった。もっとも私だって、歩くのに疲れ、ベンチに座って、早く船に帰りたいと思ったから同じかしら。

夕食はサンタフェで。20時45分からのショータイムは、シアターでプリンセス・オーケストラをバックにモニーク・デハイニーの歌。あまり記憶に残っていない。

22時15分からのインターナショナル・クルー・ショーは、いつもベースを弾いている日本人の若者がキレの良いストリート・ダンスをしたり、医務室のドクターがギターで弾き語りを披露したりして、クルーたちの芸達者ぶりに目を見張る思いだった。

こうして、ほぼ毎夜シアターに行くが、ショーが終わるとすぐに部屋に戻って休めるのが、何と言ってもクルーズならではの贅沢。街なかでは、そんなわけにはいかないもの。

この日もシャワーの温度は低いままだった。直す気があるのかしら？　と、ちょっと不満。今回のクルーズは、前回と違って、なんとなく雰囲気が暗い。

2月1日

那覇《なは》に13時30分に入港。私たちは上陸する気がなかったから気楽だったが、なかなか下船の準備が整わないらしく、遠足予定の人たちは不満気。何時になったら街に出掛けられるかブツブツ言う声が聞こえた。

出入国管理局の入国審査が厳格になった由、手続きが遅れ、乗客全員の審査が15時30分からグループ別に行なわれた。私たちはグループ17。ギャング・ウェイと呼ぶ船の乗降口から管理局の建物まで、延々と行列が続き、何かしら不穏な景色だった。

夫は数日前から鼻をグスグスさせ、咳《せき》をしている。「マスクしてよ」と言うと、「一緒なんだから良いじゃないか」と言う。一緒に具合が悪くなったら、どちらが看病に当たるのか。相手に感染させまいとするのが本当と思うが、身勝手さは常の事。何となく互いに不機嫌になる。

2月2日

終日クルーズ。ドレスコードはフォーマル。夕食をサンタフェで済ませたあと、満席のシアターでミニ・オペラを観た。熱唱している割に、私たちには訴えるものがなくて、大して感銘も受けなかった。

部屋に戻ろうとアトリウムを通り抜けたが、まだ船長主催のカクテルパーティーが賑やかに続いていて、人の間を縫うというより、ぶつかりながら歩く感じだった。

2月3日

終日クルーズ。今朝は私一人、ホライゾン・コートで食事。カリフォルニアから参加したというご高齢のリッチなご夫婦とおしゃべりをする。その後、アトリウムでリッキー・ゴンザレスのギターを聴き、シルバーのリングをもう一つ買ってもらう。

４日の下船に向けてスーツケースのパッキングをアナウンスされ、部屋に戻り、大荷物と格闘。ひと汗かいた。それを指定通り、部屋の前の廊下に出す。

夕食は二人でサンタフェに行ったら、デザートに、私たちの結婚記念日を祝うケーキがプレゼントされた。大勢のホールスタッフが集まってきて、『ハッピー・バースデー』の曲にのせて「ハッピー・アニヴァーサリー」と歌い、周りのお客さんたちも唱和して、拍手を送ってくださった。祝っていただくのは、幾つになっても嬉しい！

だが食後、部屋に戻るとどういうわけか、今度はスーツケースを部屋に入れろという指示が出た。私たちの担当のルーム・アテンダントが、威丈高な態度で仁王立ちになって早く部屋に入れろと言う。わけもわからず重いスーツケースを部屋に戻す。

浮かない気分でアトリウムに行くとラプソディ・トリオが演奏している。ハンガリー人の兄弟と従兄弟《いとこ》だそうで、互いに母国語ではない片言の英語で拙い会話を交わした。

今日は船脚がいやに速いと思っていたが、4日の朝に入港のはずが、19時か20時には着岸してしまった。22時30分から各室の検疫が、14階から始まるとアナウンスされた。だが、待てど暮らせど誰も来ない。寝るに寝られず、バルコニーに出て外を見る。眼下の黒い海の上を、無数の白い点々が飛び交っている。目を凝らすとカモメの群れ。煌々と辺りを照らすダイヤモンド・プリンセスの光に誘われたのだろう。夫と二人並んで、無音の不思議な光景を長い間見続け、写真に収めた。

結局その夜は誰も来ないで、不眠の夜になった。


この日の朝、ダイヤモンド・プリンセスのチーフ・メディカル・オフィサーから、『健康に関するご案内―新型コロナウイルス』と題する1枚のレターが配られていた事を、私は後になって知った。夫が読んで持っていたらしいが、彼はそれについて何も言わなかった。

朝の8時頃に船内アナウンスがあり、すでに下船した乗客の一人が新型コロナウイルスに感染していたと伝えたが、予備知識のない私は気にも留めなかった。

夫が亡くなった後で見た手帳には、「医務室にて受診。36・7度。様子見。咳、胸苦しさ、119番」と記載されていた。何故、私に言ってくれなかったのだろう？

第1章　感染、そして隔離入院

〈2020年2月4日～29日〉

——バルコニーに出て見上げると月は丸く、明るく辺りを照らしていた。
戦争のようだった6日間の後の静けさに、眠れない一夜を過ごした——

船室は監獄に変わった！

2月4日

横浜港留め置き。8時頃、検疫といってマスクをつけた二人が部屋を訪れ、耳で体温を測定。私は36・1度だが、少し頭痛がする。頭痛持ちではないので、いやな気分。夫が何度だったのかわからない。

だが、アトリウムでも他の所でも、催し物はいろいろ開催されていて、変わらぬ日常の様子だ。プリンセス・パターもたった1ページだったが印刷されて配られていた。

夫は食欲がない。いつもは旺盛な食欲を持てあますのに、食べないと言う。

夕食はサンタフェでまたもや一人。夫はベッドで寝ていたいと言うので、私は昼も夜も、アトリウムでラプソディ・トリオに浸る。

夜、最後のステージの最後の曲にツィゴイネルワイゼンを演奏してくださった！　しかもヴァイオリン奏者は私の前から一歩も離れず、手を伸ばせば触れられるくらいの近さで、時折、目を見交わし、素敵なフレーズには微笑みを交わして、至福の刻を味わった。これで、何か嫌な事があっても耐えられると思ったのは、先を予見しての、第六感だったのか？

部屋に戻ると、夫はすでにベッドに横たわり酷い咳をしている。「医務室に行きましょうよ」と言うと、「あんなところへ行ったら、殺されちゃう！」だか、わけのわからない事を不機嫌に怒鳴る。「どうしたの？」と訊いても返事もせず、布団に潜ってしまう。

前日に、医務室へ行っていた夫。そこで何があったか、私は知らない。この時、どうして医務室へ行く事を嫌がったのか、その謎《なぞ》は今も解けないままになっている。

2月5日

朝8時頃にアナウンスがあり、これより14日間、客室に留め置き隔離との事。私たちは詳細を知らないので、茫然《ぼうぜん》とするばかり。2週間も足止めされたら、新聞、郵便物、病院の予約などなど、断りを入れなければならない。夫は不機嫌ながら新聞屋さんに断りを入れてくれたが、郵便局は私。電話番号を調べ、ひたすら低姿勢で配達延長を頼む。普通は、電話では受け付けない事だと言い、上司が来てから確認するので、後刻また連絡せよとの事。病院の予約も延期し、郵便局も特殊な事情により受け付けてくれた。

すでにパッキングしたスーツケースを開く気にもならず、4日からは、下着以外は着の身着のまま。その下着類も、ストールやカーディガン、アクセサリーで雰囲気を変えるだけにしてしまった。旅行の終わりで底をついているので、お昼前に下着類をまとめたスーツケースだけ開けて、洗面所で洗濯しバルコニーに干す。優雅なバルコニーが下町の物干し場に早変わりした。

朝食が一向に届かないので、廊下を覗くと、ほかの部屋からは食べ終わった皿が出ている！　フロントに連絡すると、15時過ぎにモーニングが4人前届いた。それから30分もしないうちに、今度はランチが、またまた4人前！

夫は本当に空腹だったのか、物凄い勢いで食べ、そしてベッドに潜り込んで寝てしまう。船は16時30分頃、横浜港を出て房総《ぼうそう》半島を抜けて、はるか沖合70キロメートルで、水汲みと水作り、汚水処理をして、夜中航行して、朝８時頃に横浜に着岸の予定。

夜中、私も咳が酷くなり、異常に手のひらが熱く、頭痛もした。私の身体は薬に注意が必要なので、処方されていた鎮痛剤を21時頃に服用する。

2月6日

朝食は10時30分頃に来たが、ランチがまたもや届かない。今日からメニューの中からランチやディナーを選べるとの事で希望を出したが、そのランチが届かずフロントに電話したら、二人前届き、またまたわずかの時間差で二人前が届く。余程の混乱ぶりが伝わってくる。しかも、一人前は糖尿病食を頼んだのに、全部がまったく同じ物だった。

東京検疫所の電話番号を知ったので掛けると、担当者が応対してくれたが、曖昧な返事だけ。全然、話にならない。

夫は相変わらずベッドで眠る。思い付いたかのように起き上がってバルコニーにバスタオルを敷いて、真向法を少し試す。身体がすっかり硬くなってしまったと嘆いて、またべッドで眠る。やがてトイレに起き上がって、ベッドの足元で転んだ！　ショック！　身体を鍛えて、足腰が丈夫な人が、どうしたの⁉

夕食のビーフシチューとは名ばかり。夫は食べないと言うので、私が肉だけ食べた。

私はまた、体表と節々に痛みが出て、頭痛と手のひらの熱さ、倦怠感《けんたいかん》が気になり、17時30分に鎮痛剤を服用。常備薬が足りない人は必要な薬の名前を記入し出せとの指示に従い、部屋の前のポストに出した。次いで、翌日の朝食の希望を就寝前に出す。

21時30分過ぎ、疲れ切って、私は安定剤を1錠、睡眠薬を半錠服《の》んで強引に眠る。


船内では限られたテレビ番組しか映らないので、ダイヤモンド・プリンセスのニュースが全国で放送され、注目を集めていた事を知らなかった。埠頭《ふとう》には救急車などの緊急車両が何台も停まっていると、友人からメールで知らされたが、私たちの部屋は海側だったために、その様子はまったくわからなかった。

突然の事態に、私はパニック状態になっていたのかもしれない。普段ならスマホでニュースを検索したのだろうが、その時は思いもつかず、ひたすら夫の体調にヤキモキするばかりだった。

2月7日

新たに41人？　の感染者が出たと言う。まだ検査も受けていないのに、どうしてわかるのかが理解できなかった。

朝食が8時頃運ばれる。食事は、一人前ずつ出されるわけではなくて、コーヒー、ジュース、メイン、デザートと、別々に受け取る事が多かった。ノックされるたびにドアに駆け寄って、受け取る。クルーはN95マスクをつけているが室内に入れないから、その都度、私はドアとテーブルの間を忙しく行き来する。ノックを聞きそびれると、そのままスルーされてしまうから、食事以外でも、常にノックに耳をすませるのは、かなり神経に応える。

夫は私よりも耳が聞こえづらいので、頼りにできない。必然、私は仮眠も取れず、トイレも慌ただしく済ませる。夫は相変わらずベッド。

私は身体中の皮膚がピリピリして、深い咳が出て、背中が痛い。

室内へのアナウンスで体温計とゴム手袋が配布されると聞く。37・5度以上は医務室に連絡せよとの事。私は36・5度だったが、夫はすでに38・2度。すぐに連絡したが、特に何も対応はなく、そのまま放っておかれた。

夫の常備薬は届いたが、結局ゴム手袋は届かなかった。

叫んでも届かないＳＯＳの声

2月8日

9時30分、熱いシャワーを浴びる。シャワーがぬるいとクレームをつけ、クルーが処置したと言っていた時は全然温度は変わらなかったのに、昨日あたりから、また熱い湯が出るようになった。結局は部屋の設備ではなく船全体の問題だったようだ。

10時頃に防護服姿の自衛隊医務官と看護師が来室。喉の奥から検体を採って帰る。陽性ならば、1日から2日後に連絡すると言う。この時も、夫の熱が高い事を告げたが、全然とりあっていただけなかった。

この日も船は水作りのために房総沖へ70キロメートル、医薬品受け渡しのために伊豆《いず》沖へ90キロメートル。高熱の夫をかかえているのに離岸する船に、気が気でなかった。

夫の熱は38度より下がらない。ハァハァフゥフゥと苦しがっている。下痢したと言うので、トイレ掃除。船のトイレは飛行機のそれと同じく、必ず蓋を閉めて流すように指示されている。初めは凄いバキューム音に驚かされた。だから、それほど周りは汚れないはずだが、入念に便器から床までを拭きあげた。16時には38・３度、17時30分には38・５度、20時には39・２度。

咳も酷い。部屋の空気が、あまりにも乾燥しているので、新鮮な海風を室内に入れたくてバルコニーのガラス戸を開けたが、風は入ってこない。部屋の入り口でピーピーと音がするので何かと寄ってみると、ドアの下のガラリから風が吹き込んでくる。廊下の空気など吸いたくない！　慌ててバルコニーの戸を閉めた。船って、こんな構造なのか。仕方なくバスタオルを濡らして棚に掛ける。２リットル入りの冷たい水を、手頃なサイズのペットボトルに移して即席の水枕にするが、高熱のため、すぐに微温湯になってしまう。脱水症にさせないように、体力が落ちないようにと、冷水、微温湯、薄い塩水（茹《ゆ》で卵に付いてきた塩を取っておいた）、ジュース、ヨーグルト、リンゴ２切れ、バナナ３口、マカロニ３本、ミカン２房などなど。取りあえず口にできるものを、少しでも摂らせるのに必死だった。

20時10分、医務室に電話するが、担当の、日本語を話すKさんはドクターに電話せよと言う。医務室の電話だけでなく、フロントに掛けるが出ない。次々と電話機のディスプレイに表示されるナンバーに手当たり次第に掛けまくる。#６００１、#６０１１、ｅｔｃ……。20時35分、#６０６１でやっと通じるが、医務室のドクターは手一杯で、空いたら電話すると言う。20時40分、もうドクターを待っていられない。私の鎮痛剤を服ませる。

深夜０時前、夫は大汗をかいて、体温は36・５度になった。身体を拭き、Ｔシャツを替えさせる。午前２時30分、またも大汗をかいて、身体を拭き、着替えさせる。

2月9日

6時45分、朝食が届く。今までで一番早い時間の朝食。茹で卵２個、ペストリー４つ。7時10分にコーヒー。ジュースはアップルとオレンジ。フルーツはペアーとリンゴ。夫は茹で卵を喜んだ。変な味付けのないものが良い。茹で卵の塩を再び取っておく。

ベッドに横たわったまま、夫が「あなたの手料理が食べたい」と私に言った。高熱に苦しんでいる夫に、それさえも叶えられない。何て非情な船室隔離だろうと、腹が立って仕方ない。

早々に食べ、夫のＴシャツとパンツを洗濯して、バルコニーに干す。私は熱いシャワーを浴びた。相変わらず頭痛と、喉と鼻の間の違和感は続いている。それでも１時間ほど睡眠を取った。夫はシャワーを浴びる元気がすでにない。

眠りから覚めた私に、夫は「あなたに有り難いと思っているよ」と言ってくれた。必死に、夫を助けよう、守ろうとしている私にとって力強い励みになる。

10時にはバナナ1本、オレンジ、ペストリーを食べてくれた。だが、またも熱が出てきた。医務室に電話。またKさんが出るが、何の対応もしてくれなかった。

12時30分頃、昼食が届く。チリコンカーン、肉野菜ミンチ煮込み丼。何か得体の知れない料理！　夫の喉を通らないのが当たり前と思う。

13時20分、夫はもう38・8度！　また医務室に電話する。対応なし。

トイレの前で転び、引き起こすのが大変だった。１７４センチの身長と、運動で鍛えた身体は、ろくに食事していなくても私には重たい。何とも言えない悲しそうな目をしていたのが忘れられない。本当に自分でも思いがけない事だったろう。

何とかベッドに寝かせて、即席水枕をさせ、水分を充分に飲ませる。バスタオルを濡らして掛ける。これはずっと続けていたけれど、それだけではどうしようもない。助けを求めに部屋を出ようとすれば、廊下に立っている大柄な見張りのクルーに「中に入れ！」と凄い勢いで怒鳴られる。何回も怒鳴られた。監獄に繋がれたのと同じだ！　こんな思いをすると誰が予想できただろう。

電話しか連絡手段がないのに、何十回掛けても繋がらなかったり、「順番です」と言って切られてしまう悔しさ。夫の体温を、日本語でも英語でも、どれくらい電話口に叫んだことか。今の時代に、こんな事が許されるのか。

13時58分、38・5度。14時45分、38・9度。17時30分、39・6度。

17時35分、医務室に電話。18時10分、防護服に身を固めた医師団4人が現れたが、薬を持っていない！　私の鎮痛剤を服ませていいか訊くとOK。18時20分、薬を服ませる。

19時10分、38・0度。20時15分、36・7度。20時50分、37・9度。

22時過ぎに医師から電話が入る。明日、薬を持ってくる由！　何て悠長な言葉だと呆《あき》れ、憤慨しても、事態は変わらない。

23時、私も疲れ切って、安定剤を服んで眠った。

2月10日

7時に、いつものようにバタバタと朝食が届く。夫が口にしたのは緑茶、冷水、オレンジジュース、塩水、ぶどう少々、ヤクルト。

7時10分にはすでに38・0度。7時30分、やっと電話が繋がる。女性スタッフが、夫を高熱者リストに載せると言ってくれた。といっても、すぐには何も動かない。

新しいシーツ、アンダーシーツ、布団カバー、ピローケース、スリッパと除菌用ウエットシート2パックが届く。船室隔離以来、ルーム・アテンダントは部屋に入らないから、ベッド・メーキングもトイレ掃除もすべて自分でするほかない。夫の汗まみれのベッドを綺麗に整え、下痢を繰り返すトイレを掃除した。

私自身も熱があり、身体中の皮膚がピリピリ痛むし、頭痛、胸痛、倦怠感で横になりたいが、そんな事は言っていられない。夢中で頑張るだけだ。

「今まで、病気の事など深く考えずに、元気に生きてきたんだよなぁ」という夫の言葉に「幸せね」と答えたが、「それって幸せなんだろうか」と、ポツリと独り言のように呟《つぶや》く。可哀想に、ずいぶんと苦しいのだろうと思う。

13時20分、サーモン・サラダの昼食。もちろん夫は何も食べない。

13時40分、医師二人が部屋に現れた。夫の指で酸素濃度を測り、顔色を変えたのを私は見逃さなかった。すぐに部屋から出て、14時、別の医師二人が現れたが、またもすぐに立ち去り、14時10分、前に来た医師たちが、救急搬送が決まったのですぐに支度せよと言う。

私よりも先に入院したら、早く帰宅できるだろうと思い、洋服一式をザックに詰めて医師に渡し、担架に乗せられて搬送される夫を見送った。

16時26分、F病院に搬送された夫から電話が入り、「かなり重篤だって言われたよ。いま先生に代わるね」と言う。そして呼吸器内科の医師と話した。

その時の夫の声、夫の言葉が、生きていた時の聞き納めになるなんて思いもしなかった。

その夜、検疫のKさんが船室に来て、私が新型コロナウイルスの陽性だと告げた。夫が重篤になってから搬送された事に怒りを持っていたので、医療体制に対して厳しい苦情を浴びせたが、医務室のKさんとは別人だった！

苦しみ続けた夫が搬送されて主のいないベッドは、折から射し込んでくる月の光に浮き上がって、妙に静まり返っている。綺麗に整えた分、夫の不在を強調するかのようで、寂しさが襲ってくる。

バルコニーに出て見上げると月は丸く、明るく辺りを照らし、海の波も穏やかに光を反射して、月の道をつくっている。戦争のようだった6日間の後の静けさに、眠れない一夜を過ごした。

突然の下船命令

2月11日

7時、朝食が配られ始める。夫にスマホでメールを送った。

『おはよう、ジョン！　調子はどう？　少しは楽になってる？　側にいられなくてゴメンね。長い間、苦しんでいた姿が目に焼き付いていて、昨夜は眠れなかった。可哀想で、悲しくなって泣きました。早く良くなってね。お兄さんに電話しておきましたよ。お姉さんが出て、入院できた事を喜んでました。頑張ってね！』

でも、返信は来なかった。

9時40分、DMAT（災害派遣医療チーム）のスタッフが船室に現れ、陽性だが安定しているので乗船していて良いと伝えてくれる。昨日までの緊張状態から解放されてボーッとしていたが、医務室の電話係の不手際を数えあげ、夫に何かあったら訴えると言った。

9時46分から2分あまり、部屋のテレビにプリンセス・クルーズ社長ジャン・スワーツの映像とメッセージが流れた。スマホで録画したが、おおよその内容は「今回の事態について補償の有無を心配する方に、会社の誠意として全員にクルーズ費用を払い戻す。また、今回のクルーズ料金と同額のフューチャークルーズクレジットを提供する。それによって不安やストレスが緩和できればと思う。一日も早い帰宅の手配とシナリオについて、日本政府と検討している」というものだった。

しかし、夫が緊急搬送され、私自身も新型コロナウイルス陽性となって先行き不安な人間には、何の意味も持たない空念仏としか思えない。

12時頃、検疫のFさん、Kさんからの電話で、突然の下船命令。DMATに船にいて良いと言われたと伝えるが、とにかく15時までに船室から退去せよと、これは船長からの命令だと言われて、仕方なく了承した。

大きなスーツケース2つと、キャリーバッグ1つ。DMATだか、厚労省だかの女性が手伝って運んでくれた。廊下で女性のエッセンシャル・クルーのアリーナとすれ違う。「ヨーコ?」と驚いた顔で問いかけてくれた。ウクライナ出身の背の高い彼女とホライゾン・コートで仲良くなったのに。

防護服を着た人たちに囲まれてギャング・ウェイに行くと、これまた大層な格好の男性たちが、必死に私のスーツケースを消毒用シートで拭きまくる。外にはバスが一台停まっているが、ギャング・ウェイからバスまで、ブルー・シートでトンネルみたいにしてあって、私たちは外部の様子を見る事ができない。と言うか、外から様子が見られないようにしてある。

このまま病院へ行くのかと思ったら、3分も走らずに止まって、「降りてください」、と命令口調で言う。大きな建物の入り口から入ると、もう十何人かが、面白くなさそうな、苦虫を噛み潰したような顔で、パイプ椅子に座っている。ろくに暖房も効いていないガランとした部屋にいれば、私だってすぐさま面白くない顔になる。

船から支給されたN95マスクは、きっちり付けようとすると痛くて、顔に上手く沿わない。ずっと付けているのは辛いなぁと思っていた。

重装備の職員は、ノロノロ、ウロウロと歩き、声も小さくて、何を言っているのか聞き取れないくらい。男のくせに、もっと大きな声を出せば！　とハッパを掛けたくなる。

冬の夜は早い。15時過ぎに待合室に来たが、17時過ぎて暗くなっても名前が呼ばれない。勿論、夕食は出ない。真っ暗な中を、船が、また水作りに港を離れてしまった。

他の人が、一人、また一人と呼ばれて救急車に乗り込むのを、イライラしながら見送る。19時になってさすがに堪忍袋の緒が切れた。職員が持っているリストを見せてもらったら、すでに私の名前にチェックが入っている。

「何でチェックが入っているのよ？　私はここにいるのよ！　間違えてるじゃないの！」頭に来て、思わず声を荒らげてしまう。職員は慌てふためいて隣の建物の入り口に飛び込んだきり出てこない。

建物の外で黒い長いオーバーコートを着た男性がいて、ペコペコと頭を下げている。「あなたは何なの？」と言うと、厚労省の人間だと言う。「どうなっているの？」と訊いても頭をペコペコするばかりで何も言わない。

やがて一台の救急車が用意され、私のスーツケース2つと、キャリーバッグが積み込まれた。救急隊員二人は白ずくめの完全防護服。「これから富士市に向かいます」と言う。静岡？　耳を疑ったけれど、もう走りだした。隊員の一人に電話が掛かる。別の救急車も富士市に向かうと言う。いや、もうこちらは走りだしたから、他の病院へ行ってくれ、と答えている。群馬に向かうらしい。

皆の混乱ぶりに、かえって私は冷静を取り戻した。冷えた車内で、緊張している様子の隊員たちとの雰囲気を少しでも和らげようと、あえて明るい声で言った。「ちょっと寒いのだけれど……」すぐにヒーターを入れてくださった。

「私、まだ夕食を食べていないのよ。お腹が空いてしまったの。どうすればいいのかしら？」

「救急車はパーキング・エリアに入れないんです」

「皆さんはどうしているの？」

「弁当を持ってきて、防護服を脱げた時に食べるんです」

「病院では、食事は出ないんでしょうね？」

「いや、聞いてみます」

向かっている病院に電話する。

「用意しておくと言ってくれましたよ」

ほぼ3時間掛けて富士市に辿《たど》り着く。病院の駐車場に入って車を停める。建物の入り口を開けると、いきなりX線撮影の機械が設置してある部屋だ。そう、隔離病棟の入り口だった。防護服に身を固めた医師や看護師が、フェイス・シールド、マスク、防護メガネの奥で、信じられないくらいに温かく優しい笑顔で迎えてくださった。

救急隊員の二人もニコニコして立っている。

「お陰さまで楽しいドライブだったわ、お世話になりました。ありがとう」と言って手を振って別れる。

すぐさま、医師から問診。X線撮影。心電図。血液検査。呼吸の状態。さらにホルター心電図装着。

やがて病室に通され、コンビニ弁当とペットボトルのお茶が出された。夜中の11時に、遅い遅い夕食にありつけた！　食べながら思う。そういえば、救急車の二人は食事ができたのかしら。防護服を着ていたら食事はおろか、トイレにも行けない大変さがあることを理解していなかった、と。

当直の看護師さんは、以前、日本クルーズ客船「ぱしふぃっくびいなす」に仕事で乗ったとうかがった。

今夜から明朝まで、何回トイレに行ったか記録しておくように指示を受ける。ここの隔離病棟はトイレが共同なので、他の患者さんと行き合わないように、夜中も看護師さんが見張るとの事。マスクを着用する事。トイレの便座を拭いて用を足したら、また便座を拭き、ドアノブも専用の消毒シートで拭きあげる。手を泡ソープで洗い、ペーパー・タオルで拭いて丸めて捨てる。

一連の説明を受けてベッドに横になったのは、多分深夜0時を回っていたと思う。本当に、綿のように疲れるって、こういう事かしらと思いながら眠りについた。

2月12日

主治医となった医師から問診を受ける。感じの良い若い医師。質問しても、嫌な顔ひとつせずにいろいろと答えてくださる。富士市に連れてこられてどうなるかという心配が、みるみるうちに溶けて消え、そう、大好きな富士山の麓だもの、私はラッキーだと思うようになった。

隔離病棟での日々

2月13日

看護師さんが体を清拭して、パジャマを替えるのも手伝ってくださった。14時20分、主治医が来てくださったので、ビタミンBとビタミンCを処方していただく。

新型コロナウイルスに感染して、私たち夫婦二人ともが入院してしまったから、またまたいつ帰宅できるかわからない。郵便局に郵便物局留め依頼、新聞を止める、旅行に出る前に予約していた歯科医にも、取り消しの連絡を入れる。

夫の様子が心配で、夫が入院しているF病院に電話を掛けた。夫の名前を言い、妻である事を伝えても、本人確認ができないと言って、医師に取り次いでいただけなかった！

何故？　このような状況で、何が揃《そろ》えば本人だと認めてもらえるのだろう？　形式に縛られた応対に苛立った。

そんな事もあったからか、18時50分、体温が38・1度に上がり、新たに処方された解熱剤を服む。20時30分には主治医から許可を得た安定剤を服む。服んでもグッスリ眠れない。寝汗が酷くて、パジャマを何度も替えた。

2月14日

今日は採尿、採血、15時20分にX線検査。採血の結果CRP値が0・99mg/dl。通常は0・0〜0・3mg/dlとの事。20時40分にはCT検査。看護長さんが病棟の出口まで付き添ってくださって、別の一般病棟へは医師が連れていってくださった。月明かりがあるが、寒い夜道で足元が危うい。

隔離病棟からは、一般の廊下を使えないのだと思った。これが感染症というものか。他の患者の検査がすべて終わった後でなければ、感染症患者は検査も受けられないし、歩くルートも別。

病室に戻って22時頃か、肺に白い点々があり、肺炎を起こしている事を告げられた。以前２回、インフルエンザ由来の肺炎を起こして緊急入院したが、その時見せていただいた画像には、白い点々など無かったのを思い出した。

こうして隔離病棟に寝ていても、外部からは私を気遣ってスマホに電話やメールがたくさん入ってくる。とても嬉しい半面、なかなか休めないのはキツかった。安定剤を服むが、やはり熟睡できず、夜中にまた寝汗。

２月15日

背中の痛みが強くなり、咳と痰《たん》が出始めた。胃部に不快感がある。深い息をすると、胸の中がざわつく。痰が出てティッシュペーパーを使うが、すべて備え付けのビニール袋にまとめた。部屋には大きな蓋付きのゴミ箱があるけれど、そこに使ったティッシュをそのまま捨てたりはできなかった。人には絶対に感染させたくないと思っていたし、鼻紙をビニール袋にまとめるのは、母から教わった昔からの習慣。隔離病棟ではコップも紙コップだったが、口を付けるから必ず水洗いして捨てた。

ここはＳＡＲＳ《サーズ》（２００３年流行）の時に使って以来の隔離病棟だという。急に使用が始まって、専門の清掃業者が入れなかったそうな。道理で、外を見ようとしたら、窓枠に小さな羽虫がいっぱい死んでいたのをティッシュペーパーで拭いて捨てたもの。体調が悪くても見過ごせず、つい手を出してしまう癖は健在だった。

そんな病室だから、看護師さんは手が空くと部屋に入ってきては、いろいろと世間話をしながら、消毒液を含ませたモップでせっせと床を拭いてくださった。

2月16日

少し喉が腫れている。やはり胃に不快感があり、胃酸を抑える薬を服む。あまり食欲がないけれど、食事はきちんと食べるように努めた。下痢はしていないが、形の良い便が出ないのが気になる。

伸びてしまった爪を切り、足先をタオルで拭く。もう何日シャワーを浴びていないのかしら。

今日も9人から電話やメール。律儀にメールに返信していると、とてもテレビを見る気にはなれないし、そんな時間さえない。それでも、気に掛けてくださる方があるのは幸せな事と感謝する。

夜、眠れず、焦燥感に苦しむ。トイレばかりに通う。合間にウトウトするのか、寝汗をかいて深夜に2回、目覚める。その度にパジャマ替え。ちっとも寝た気がしない。

2月17日

14時21分、私たちが今回の旅の申し込みをした旅行会社の担当者、Kさんからの電話で情報を少し入手。入院費用の事、厚労省フォローアップ・センターの電話番号などなど、親身になって連絡してくださるのは本当にありがたい。

21時30分、体温38・2度。

22時と深夜の2時と4時過ぎに、酷い寝汗で目覚め、パジャマを替える。夜中に看護師さんが汗に濡れた布団カバーやシーツ、枕カバーを替えてくださった。5時30分、また寝汗。胃の不快感が強く、熱っぽく、だるい。

2月18日

朝、10時45分に、またシーツと枕カバーを交換してくださった。11時30分、汗で冷え切った首筋を、熱いタオルで温めていただく。体調は最悪！

15時過ぎに、1階でX線撮影。喉が少し痛むと看護師さんに言う。主治医が来てくださって喉の炎症を抑えるうがい薬と鎮痛剤を処方していただく。X線検査で肺の影は広がっていないけれど、変化もしていないとの事。

夜は安定剤と睡眠薬を服んだ。うがい薬は1日3回。

2月19日

喉の左側の腫れと痛み、目の奥とこめかみに痛みがある。看護師さんが、汗まみれの髪をシャンプーしてくださる。下船以来、初めてのシャンプーだもの、随分さっぱりした。この病棟のシャワー室は防護服の着替え室になっていると聞いた。熱いタオルで身体を拭いていただいて、気分が良くなった。

下着の替えに、初めは使い捨ての紙製を試してみたが不快なので、木綿のものを数枚購入。体調が悪い時にゴソゴソした下着はやっぱり我慢できないわ。

義兄からの連絡で、夫が体外式膜型人工肺（ECMO［エクモ］）を装着する事に同意したとの事。どんな物なのかしら？　それで少しは肺の負担が減るのかも知れないと、淡い望みを持つ。私には内容がよくわからないけれど、それで回復が期待できたら良いなぁ。

この夜も20時、37・7度。寝汗をかいてパジャマ替え。

2月20日

担当の看護師さんに再びショーツ3枚注文。彼女は私をよく笑わせてくださる。病室で笑い声を上げるると、それだけで前向きに頑張る勇気が湧いてくる。真っすぐな性格。彼女が現れると、お日様に照らされるような気がする。熱いタオルで背中を清拭していただいた。

お昼ご飯の後で、アップルティーのサービスがあって、とても美味しかった！　香りも味も最高！　看護長さんからのプレゼントと聞いた。

隔離されていても、こうして看護してくださると、皆さんの優しさとか心配りが本当に身に染みて、この病院で本当に幸せだったと心底思う。

深夜に何度も寝汗で目を覚ます。寝汗なしに眠りたい。

2月21日

朝、看護長さんから熱い緑茶をいただく。身体中に染み渡る感じがする。スタッフからですと言って、富士山を写したカードをいただく。そう言えば、この隔離病棟からは富士山が見えない。せっかく富士山の麓なのに、窓からは他の病棟の壁の隙間から空を見上げるだけだ。それでも晴れていると、壁に切り取られた真っ青な空が澄み渡って、前に行ったいろいろな国の空を思い出す。

夫からは遠く離されて、彼の状態もわからないままに、たまに採血やCT検査があるほかは、個室のベッドに横たわり食事を待つだけの日々は、すべて人まかせ。未知のウイルスゆえ治療薬も特別な処置も無く、自己免疫力で回復を期待して運を天に任せる事しかできない。それでも看護師さんたちの優しく温かな看護や、ときには他愛もないおしゃべりが、私の心を癒やしてくれる。あの船室の日々に比べれば時間がゆったりと流れて、いくら体調が悪くても、私には安らぎの時と思えた。

昼過ぎ、看護師さんが熱いタオルで身体を拭き、シーツやカバー類を交換してくださった。

私はすでに感染しているから何ともないが、隔離病棟に入って病人の世話をするのは、さぞ怖いだろうし、勇気が要るだろう。いくら防護服に身を固めていても、おそらく緊張の連続に違いない。そんな看護師さんたちの気持ちを、少しでも解きほぐす事はできないかと、ずっと考えていた。

　ふと気がついたのはスズメの動画。

　庭の木に括り付けた小さな餌皿に群がってチョコチョコとついばむ姿を、夫と共に飽かず眺めるのが、穏やかな日常の毎朝の楽しみだった。そのスズメの様子が20秒足らずの動画になってスマホに入っている。船室でも、病室でも、気持ちが追い詰められて辛い時、それを見ては精神のバランスをとってきた。私にとって大切なその動画をお見せした。

　じっと動画を見詰めた後で、スッと肩の力が抜けて「癒やされました！」と明るい笑顔になった看護師さんを見て、私もまたホッとした。

　この夜も、寝汗と頭痛。

2月22日

　起床した時から喉がいがらっぽい。夜勤の看護師さんが上半身が当たる所にシーツを畳んで敷いてくださった。それだけでも、汗を吸い取ってくれるので随分と快適になった。考えて工夫してくださったんだなぁと、感激する。

　10時30分には、お湯だけでシャンプーしていただく。次いで、熱いおしぼりで背中を拭いてくださる。自分で拭くより、余程気持ちが良い。

昨日、スズメの動画をお見せした看護師さんが同僚の方々に話したらしく、今日の担当の看護師さんが、私も見たいと言われる。少しでも皆が癒されるならばと、喜んでお見せした。熱心に見入る姿には、仕事の厳しさと緊張感がまといついているけれど、やがて輝く目をあげて、楽しそうに、ご自分の事をいろいろ話してくださった。

無心なスズメの姿が、「看護師と患者」でなく、「人と人」の会話を生み出してくれて嬉しい。

ダイヤモンド・プリンセスで、友人たちのためにゴディバのチョコレートをたくさん買ったけれど、もらったってコロナウイルスが付いていそうで気味悪いだろうと、自分で消費する事にした。少しは喉の滑りが良くなるのを期待したけれど、何だか美味しくない。前に買った時と味が変わったのかしら？　アップルティーの味や香りはわかったのに……。香りもあまり感じない。

2月23日

寝汗、２回。

今日、検体を採取したが、生憎の連休。保健所はしっかりと休みを取る。病院には休みがないのに。

夫の病状と私の回復

2月24日

段々と私が回復に向かい、退院するにあたって、公共交通機関が使えないと判明。スーツケース共々、タクシーで帰宅せよとの指示が出た。タクシーで富士市から自宅まで幾らかかるか見当が付かない。クレジットカードを持たない私は心細くなり、友人に現金を送ってくださるように頼んだ。

そうこうしていると、夫の入院しているF病院のＩＣＵの統括責任者であるA医師より電話が入る。私が本人かどうか、幾つかの質問をされ、本人確認できたので話すと言われる。

24日に日付が変わった夜中1時、夫の自発呼吸が止まった。ＥＣＭＯ《エクモ》に頼り切りゆえ、ＥＣＭＯのフィルターが詰まったら、その時が夫の最期なのだそうだ。それが今日なのか明日なのか、もっと先なのかは、誰にもわからない。ＥＣＭＯのフィルターは交換不能だという。

目の眩《くら》むような思いがする。ショックでしばらくは物も言えない。

私はこの病院で、たとえ身体は辛くても、いろいろな人たちと良いコミュニケーションを図ってこられたけれど、夫は搬送されるとすぐに人工呼吸器を付けられてしまった。何かを伝える術もなく、ただされるがままに、病状が進むにつれて、様々の機械にチューブで繋がれ、生死の境を彷徨《さまよ》っていると考えると居たたまれない。

病院嫌いで、自分の腕から採血されるのを見る事もできない人が、どれほどの痛み、苦しさ、恐怖に耐えていたか、想像するだけで胸が詰まり、可哀想で悲しくなる。

思い切り泣きたかった。喚きたかった。あまりに切な過ぎて、胸が張り裂けそうだった。隔離されていて、私は何もできない。何もできないのに、辛過ぎる事ばかり聞かされる。辛過ぎる事ばかりが起きる。

ダイヤモンド・プリンセスの船室に留置されてから、どれほど、この責め苦に遭った事か！　手足の自由を奪われたまま、夫の苦しみを見詰め続けた。もどかしさに、胸の中を火で炙《あぶ》られるような痛みを味わい続けた。

２月25日

また平熱が２日続き、２度目のＰＣＲ検査。まだ1度目の結果は出ていない。

10時前、旅行会社のＫさんから電話が入り、夫の体調を尋ねられ、状態を伝える。彼だってショックで、何と言っていいかわからない様子だったが、とにかく気を落とさずに頑張ってくださいと言ってくださった。

看護長さんが現金書留の扱いを引き受けてくださる事になった。本来なら、宛名の本人がサインするべきところだが、隔離されていては不可能なので、事務局が代わりに受領するとの事。友人に連絡したら、今日の午後に郵便局に依頼して、26日か27日に着到の由。いろいろな事で神経がピリピリする。

看護師さんがそれらには何も触れず、背中を拭いて、背中や肩を揉《も》んでくださった。余計な事を言わずに寄り添って座り、体温を伝えてくださる優しさに、我慢していた涙が溢れた。神経が次第にほぐれていくのがよくわかる。人の温もりが本当に身も心も癒やしてくれるのだと、しみじみ思う。言葉など足元にも及ばない、温かい心。

夜9時30分になって、２度の検査結果が陰性だと判明。ただちに隔離病棟を出て、一般病棟の陰圧室という部屋に引っ越しが決まる。それとて、今まで着ていたパジャマを替え、スリッパを捨て、靴を履く。大きなスーツケースとキャリーバッグを看護師さんが持ってくださって、一旦、隔離病棟から戸外に出る。

一般病棟の入り口で、すべての持ち物を消毒。革靴なので底だけを消毒。次亜塩素酸を薄めた消毒液なので、革には使えないのだそうだ。凄い勢いで引っ越しして、スマホの充電器を忘れてきたのを思い出したが、後で言えばいいと、その夜はベッドに入ったのが22時30分だった。

初めての部屋に慣れないうちに横になるが、また、いつものように寝汗をかく。パジャマの替えはなかなか届かず、気持ち悪くても遠慮したほうが良かったかしらと思った。

2月26日

一般病棟に移ったので、また看護師さんの顔ぶれも変わり、今まで入ってこられなかった看護長さんとも話ができる。やっと娑婆《しゃば》に戻れた感じがして、少し晴れ晴れする。

頼んだお金も午後に到着。やれやれと思ったが、やはり寝汗に悩まされた。パジャマもタオルもあまりにビショビショなので、あちこちに広げて置く。何とも見苦しい部屋になってしまった。

2月27日

ホッとしたのも束の間。

９時38分、夫の病院のA医師より電話が入る。夫が広汎な脳出血を起こし、手の施しようがない。血圧、脈拍は横ばい。すでに瞳孔が開いたままで、強い光を当てても反応がない。国立国際医療センターに加入したのでアビガンを投与する。

28日に私が退院するそうなので、翌日の14時から19時の間にＩＣＵへ来るように、との事。そして看護師さんから、ＩＣＵに来たら夫に持たせた荷物をすべて持ち帰るようにと告げられた。

もう荷物は不要！

病院からの帰宅はない！

頭をガツンと殴られた！

またまた精神的に追い詰められる。私の手の届かない所で、夫の状態は悪化する一方。

世の中にこんな責め苦もあるのかと、本当に恨めしい。

この夜も４回も寝汗。不眠。

2月28日

久し振りに晴れた。ずっとぐずついた天気だったので、まるで空までが退院を祝っているような気がする。朝食が済む頃から、今までお世話になった看護師さん、お医者さん、薬剤師さんが次々と現れては、退院を喜んでくださった。11日の夜から今日まで、本当にいろいろな事で支えられ、励まされて、退院に漕ぎ着けられた。心の底から感謝の気持ちでいっぱい！

服を着替え、ナース・センターの前を通った時も、いろいろな人が手を振ってくださった。でも、いつも防護服の顔しか見ていないので、背格好や、わずかに見える目や眉の感じで皆の名前を覚えたから、咄嗟《とっさ》に誰だかわからない。

9時30分にタクシーの迎えが来た。3階の私の部屋の窓から看護長さんが千切れるほど手を振ってくださっている。荷物を運んでくださった看護師さんに、元気で頑張ってね！と何度も言っていただいた。

タクシーの運転手さんはとても優しい方で、高速道路をひた走るが、富士山が綺麗に見える所に差しかかるとスピードを緩めて写真を撮らせてくださる。

家への途中でコンビニに寄っていただき、当座の食材を調達する。

ご近所の、私たち夫婦が懇意にさせていただいて、今回も非常にお世話になった方が、地域包括支援センターに連絡して、私の帰宅の見守りを頼んでくださっていたが、予定より早く着いて、運転手さんに荷物をみんな玄関の中まで入れていただいた。

本当は何十日も留守にした家に一人で入るのが心配だったのだ。だが、それは杞憂《きゆう》だった。まるで、つい先ほど出掛けただけと錯覚するくらいに、家の空気は清々しく、明るく、旅行に出掛ける前日、二人で大掃除したままに清潔そのものだった。

運転手さんが帰る時に名刺をいただいたら、常務取締役と書かれていた。まぁ！　責任ある立場の方が運転を引き受けてくださったから、本当に快適なドライブになったのね！と、感謝する。

やがて地域包括支援センターのスタッフが現れて、お買物など必要があれば、月曜日に電話を掛けてくださいと言って帰られた。

スーツケース２つとキャリーバッグを拭きあげて、家に上げる。大事に育てている植木鉢の蘭《らん》も、３鉢とも健気にシッカリ蕾《つぼみ》を付けて待っていた。

改めて辺りを見廻し、シンとして物音のしない部屋に佇《たたず》んだ時、突然、涙が溢れだし、悲鳴のような大声を上げて泣いた。夫も、どれほど、この家に帰りたかっただろう！　どれほど無念だったろう！　悔しかっただろう！　老後に暮らしやすいように、二人でいろいろと注文を付けて建てた家。４年前の４月21日に新築引き渡しを受けた。それなのに、４年間を暮らす事なく、夫の命が消えかかっている！

しばらくの間、打ちひしがれて、泣いていた。

でも、私には悲しんでいる暇がない。明日、ＩＣＵに会いに行かなければならない。夫の荷物を引き取るには、キャリーバッグを空にしておかなければ運べない。病室に置いておいたスーツケースの中身を洗濯しなければならない。日光に当てて消毒しなければならない。病み上がりで、全然歩いていない身体に鞭《むち》打つように、がむしゃらに動き始める。誰も手伝う人がいないのだから、ボンヤリなんかしていられない。２週間分の二人の服を仕分けて、洗濯機を回す。陽が差しているうちに乾かしたい。何足かの靴も片付け、小物を仕舞い、本だの、案内書だの、プリンセス・パターだのを１か所にまとめる。かさばるスーツケース２つを、ヨロヨロしながら２階に担ぎあげる。

１度目の洗濯物を干し、２度目に洗濯機を回す間に、お風呂に入る。ほぼ20日ぶりの入浴。頭からつま先まで、丁寧に洗いあげて、やっとひと心地がついた。

無理にでも食べて力を付けなければ。コンビニのお弁当と、その他いろいろ買い込んだものを、美味しさを感じないまま詰め込む。

私たちが利用した旅行会社の担当者が、船会社プリンセス・クルーズのケア・チーム（カーニバル・ジャパン）から電話が入ると連絡してくださったが、待てど暮らせど掛かってこなかった。

第2章　無情な別れ

〈2020年2月29日～3月31日〉

――今にも千切れそうでも、細い糸で繋がっている命が
ここに在るのと無いのとでは、雲泥の差があるのです――

再会した夫の姿は……

2020年2月29日

午前中に次兄夫婦が私への救援物資といって調達してくれた、大量の食料品の大きな箱が配送された。缶詰やスープや野菜ジュースなどなど、何だか知らないものまでが入っていた。体力もなく、夫に掛かりきりになるから、本当に助かる！　忙しく洗濯などの雑用を片付け、昼食をとる。

14時30分にF病院の2階にあるICUの個室の前に通された。ガラス越しに見えるのは、足が手前にあるので、顎だけ。顎だけでも、夫だとわかるものなのね。ECMO《エクモ》の太いパイプは赤くて、あぁ、血液が流れているんだなぁと思う。管だらけ、機械だらけの部屋で、身じろぎもしない夫の脇にあるベッドサイドモニターには、脈拍、血圧、酸素飽和度などが刻々と数字で表示されている。

14時50分からカンファレンス・ルームで、A医師より病状の説明を受けた。時系列で夫の肺の写真を見る。搬送された時点で、すでに真っ白。

「我々は早く連れてこないか、早く連れてこないかと、ジリジリして待っていたんですよ。とにかく時間との闘いなのだから」と。

何故もっと早く対応してくれなかったのか、私だって身を削る思いで、必死に船の医務室に電話を掛け続けた。

何故、見過ごされたのか。何故、何故……。

２月５日に船室に閉じ込められてからの夫の様子を、手帳を見ながら話した。A医師は、外部から見ていた事と、船室での留置との隔たりを知り、現実をつぶさに聞いたのは初めてだと、唸《うな》るように言われた。

A医師は入院から現在に至るまでのCTの写真を見せてくださった。肺の白さが一瞬改善して見えるのは、溜まった水を抜いた時。またすぐに元に戻って今も真っ白。肺の代わりをするECMOは、血液が粘らないようにする薬剤を使うが、そのせいか原因不明だが広汎な脳出血を起こした。今は脳出血の範囲は広がっていない。

ECMOにはフィルターが入っていて、血液中の不純物を取り除き、酸素を加えて体内に戻す。個人個人の使われ方により、耐用日数に差が出るが、夫はすでに１週間を超えた。

通常使えるのは2~3週間で、フィルターの交換は、血液を止める事になるから不可能。フィルターが不能になった時が最期になる。

瞳孔が開きっぱなしで、強い光にも反応しない。処置する時に眉間にシワを寄せる事もしないから、感覚も麻痺《まひ》して、多分痛みも感じていないだろう。熟練した様々の科の医師と看護師がチームを組んで、あらゆる薬、処置をしているが改善の兆候がない。

亡くなった時、肺の中は新型コロナウイルスで満たされているので、遺体はすぐにジッパーの付いた袋に入れて、お棺に納めるが、2度とそのジッパーを開ける事はできないし、お棺の窓を開ける事もできない。病院から直接火葬場に運び、お骨を拾って、骨葬するのが最善だが、コロナと聞いて業者は引いてしまうだろう。

行政の指導が日々変わるのと、病院としても初めての経験で、いま現在、どう対応するのかわからない状況にある。もし私が了承してくれれば、夫の組織や血液などの検体を、東京大学医科学研究所ウイルス感染分野に送りたい、と。

夫の死を無駄にしたくない、夫の死が今後の研究に役立ってほしいという一心で、同意書にサインした。

そして医師が付け加えたのは、私のようにPCR検査で陰性になって回復したのに、再度、陽性になった人の数は、発表されているよりももっと多いようだから気を付けて、という言葉だった。えぇっ⁉　情報が隠されているの？　深追いしなかったが、頭の中に疑問符が残った。

　説明が終わり、もう一度夫の部屋の前に戻る。看護師さんの処置の最中で、体位が変わって少しだけ顔が見えた。口にもパイプが繋がっている。

　いろいろな種類の看護用品のメモを渡されて、買ってくるように指示される。私自身が体力をなくしているので、空のキャリーバッグを引いて売店に向かう。留置、隔離で、ずっと歩いていないからか、何だかフラフラするし、まっすぐに歩けない。注文された用品は、まとめると山になった。重い物をキャリーバッグに入れ、オムツなどのかさ張っても軽いものは、振り分けにして肩にかけて運んだ。

　もう一度、夫の顔を見る。いくら見ていても、やっぱり身動き一つしない。

　看護師さんが夫の持ち物をシッカリしたビニール袋に入れてくださった。それをキャリーバッグに詰め、入りきらない分は夫のリュックに詰める。ウイルスがビニールから出てくるのか尋ねると、一晩くらいは大丈夫と言われた。一晩？

　タクシーで帰宅して、ビニール手袋をはめて、すぐさま洗濯機に放り込む。固く縛った小さいポリ袋に、明らかに便の付いた下着があった。慌てて二重に袋に入れ、手袋と共にゴミ袋に入れる。そのゴミ袋もさらに二重にして戸外へ出した！

洗えない物は、本当は戸外に出しておきたかったが生憎の雨。仕方なく、2階の排気孔の真下に置いた。どうぞ明日までウイルスが出てきませんようにと、祈るような気持ち。疲れ切っていたが、お風呂に入って、神経質なくらいに身体を洗った。

3月1日

暦では、もう3月。でも私の中では、2月で時間が止まったきり動こうとしない。家に戻ると、次から次へと、逃げられない用事が押し寄せてくる。毎日でも夫に会いに行きたいが、本当に、身体をゆっくり休める暇もなく、様々な連絡が入り、また、連絡して相談しなければならない事が持ち上がる。

病院からは、いつでも電話に出られるように、フル充電して、オンにして、身に付けておくように指示されている。絶対に聞き逃す事のできない電話だ。緊張の連続。

3月2日

朝、地域包括支援センターに電話を入れた。ミーティングの後で折り返し電話すると言われたが、ずいぶん待たされた挙句、訪問はまかりならぬという決定だという。生鮮食料品だけでも買い物してほしいと思ったのに、頼みの綱は切られてしまった。地域の保健所の電話番号を教えてくださっただけで、その後は何の連絡もない。

富士市の病院で、２日おきに２度のＰＣＲ検査で陰性とわかり、あなたが今一番安全な人ですよ！　と太鼓判を押されて帰ってきたのに、いきなり風評被害に遭ってしまった。退院しても２週間自宅待機なんて知らなかった。

食料品確保のために次兄に電話を入れて事情を話す。

ご近所の方は、必要な生鮮食料品を買ってきて、玄関の外の箱に入れて置いてくださるとの事。スマホでリストを送り、会計は後日まとめて支払う事にする。

旅行会社との折衝がある。退院した病院のリネン類の支払い期限に合わせて、明細書を作り、請求書を出す。

昨日聞かされた火葬の件で、夫のすぐ上の兄と相談しなければならない。感染症の葬儀について、誰だって初めての経験を、何とかしなければならない。保健所からは病院が最善の事をすると電話が掛かるが、具体性に乏しい、クドクドと焦れったくなるような説明の仕方に、神経が逆撫でされるだけで埒《らち》が明かなかった。

予約してあるクリニックにキャンセルを入れる。幾つもの請求書に従って送金する。連日、頭が混乱するような用事を必死でこなしていた。

そして夜は夜で、相変わらずの寝汗に何度も目覚めて熟睡できず、苦しみ続けた。

3月3日

夕方のニュースを見ていた時、神奈川県立足柄上病院で喘息治療薬シクレソニド（商品名オルベスコ）が、初期のコロナ患者に有効だったと知った。胸が騒ぐ。もしかして夫にも効くかも知れない。

20時51分、F病院へ電話を掛けた。A医師は不在だったので、看護師さんに、先生に伝えて、と頼む。

落ち着いて考えれば、そんな事は医師たちはとっくにご存じのはずだろうし、それが夫に合うかどうかさえ勘案してくださっているはずなのに、電話せずにはいられなかった！「溺れる者は藁《わら》をも摑《つか》む」を実践してしまった。ずいぶん失礼な事をしたと、反省しているが、家で一人、相談相手もなしに悶々《もんもん》としていると、ブレーキが利かなくなるものか。

3月4日

午前中に、私が退院する時に現金書留を送っていただいた友人から、缶詰、瓶詰、クッキーと、オードトワレまで入った箱が届く。大好きな香りを存分に吸い込んで気持ちが安らぐ。

その上、次兄からもまた、救援物資と称してこまごまといろいろな食べ物が届いた。きっとお義姉さんが選んだのだろう、嬉しい！　こんな風に、みんなに優しくされて、辛い思いも薄まるような気がする。

旅行会社のＫさんから連絡が入る。船会社に問い合わせたが、夫の病院に行く交通費、帰宅できない時のホテル代、夫の看護用品代は支払うが、死亡しても、葬儀費用は出さない、と。

私は退院しても、風評のために外出を控え、夫の病院へ往復する以外、家に籠もっていると伝える。身体を大事にしてくださいと労りの言葉を聞くと、ついホロリとしてしまう。

溢れる涙

3月5日

朝、看護師さんから急いで病院へ来るように電話が掛かった。すぐタクシーを呼ぶ。

8時30分着。A医師が言われるには、夜中から血圧が下がりはじめ、輸血しても最高血圧が50。脈拍130で頑張っているが、いつ急変するかわからない。

看護師さんが、「奥さんが来てますよ」と夫に伝え、「奥さんから声を掛ける、何か言葉がありませんか？」と聞かれる。

一瞬戸惑ったが、「ジョン。ジョンって何度も呼んで！　ジョンって呼びかけて！　愛しているよ、来ているよって言って！」と、頼んだ。

看護師さんは夫の耳元で声を掛けた。それからティッシュペーパーで、夫の目元をそっと拭った。

私の身体をシッカリと支えてくださっていた看護師さんが、「耳は最後まで聴こえると言いますよ！　旦那さんにもわかったんですよ！」と言ってくださった。

こんな状態で、言葉が届いたの？

やっと側に来てくれたかという安堵《あんど》の涙なの？

まさか涙を流すなどと想像もしていなかった。

緊急搬送されてすぐに人工呼吸器を付けられ、物も言えず、多分、私が遠く富士市の病院に隔離されたのも知らされないままに、様々の処置を受けながら、どれほどの孤独、不安、恐ろしさ、苦しさに耐えてきただろうか、という思いが押し寄せてきて、可哀想で切なくて、身体が震え、涙が止まらなかった。

何回も何回も、看護師さんが声を掛けてくださるうちに、脈拍が90くらいまで下がり、血圧も１００を超えた。「奥さんが来て、旦那さん頑張っていますよ」と言われ、一応は安定してホッとするが、厳しい状況に変わりはない。

看護師さんが、私の言葉を申し送り事項に加え、皆が夫に触れる時、言葉を掛けると言ってくださった。

「どうしてジョンなんですか？」と看護師さんに訊ねられた。

以前、眼鏡を買いたいと夫が言って、私の行きつけの店でいろいろ試した時、オノ・ヨーコがプロデュースしたジョン・レノンの丸い眼鏡がよく似合って、買い求めた。それ以来、夫をジョンと呼んでいたから、他の誰も知らないニックネームなのだ。

導尿管が赤い。血尿が出ているの？　と訊くと、何故かわからないが、傷ついたのか、腎臓を洗っているとの事。便も、水様便が出続けているが、止まるよりも、出たほうが良いとの事。こういう世話を引っ切りなしにしてくださる看護師さんたちに頭が下がる。

夫の兄が駆け付けてくれたのは、電車の遅れもあって12時30分過ぎ。一緒に夫の様子を見た後、A医師から説明を受けた。

今は少し持ち直して見えても、着実に悪化の道を辿っている。現実的な話で済まないが、亡くなった時の対処法として異例だが、病院がコロナウイルス感染者でも扱う葬儀社を探して依頼した。

通常なら火葬は1万5千円くらいだが、8万円かかるが構わないかと問われ、義兄が了承した。病院から火葬まで、きちんと請け負ってもらえる事になり、途方に暮れていた私たちには心労が少し減った。

ただし、前にも伝えたが、亡くなった夫の顔、管類を外した姿をICUのガラス越しに見られるのは駆けつけられる私だけ。義兄の到着を待つほどの猶予はない。私が夫に会ったら、ただちにジッパー付きの袋に納めて、二度とそれを開ける事はできない。すぐに冷蔵庫に入れて、平日の昼間、空いた日、空いた時間に、人払いして火葬し、骨を拾う。愕《がく》然《ぜん》としながら、一連の話を聞いていた。

さっき、私の呼びかけに応えてくれて、持ち直したはずの夫の、もう火葬の話。何という無残な！　こんな現実って、あるのだろうか？　ショックに打ちのめされた。病院からの帰り、どうにか自宅に辿り着いたが、何をしたかの記憶が飛んでしまっている。

3月6日

昨日のショックが尾を引いていて、電話やメールに返事はしていたけれど、何をして一日を過ごしたか定かでない。

夜はまたまた寝汗を何度もかいては、身体を拭き、パジャマを替えて、疲れ切って朝を迎えた。

3月7日

ボーッとしているが、そうだ、せめて夫の写真を用意しておかなければと思う。家のプリンターを試すが、調子が悪く、上手くエアプリントできない。時間を掛けて調整するゆとりもない。といって、近くにＤＰＥはないし、まだ公共の場に出掛けるのは憚られる。友人に訳を言って、夫の写真をメールで送る。

昼頃、今日は夫に会いに行こうと支度していると、胸に痛みが起こった。心臓に少し問題があって、ニトロ舌下錠をもらってあるので、ベッドに横たわってニトロを服用する。胸の痛みが広がって、鳩尾《みぞおち》、肩甲骨付近、喉、耳の奥までが痛い。ニトロが効かない。もう1錠。待っても収まらない。これは心臓じゃないな、と思う。

30分くらい、痛みに唸りながらベッドで転げまわった。やがて少しずつ痛みが薄らいで、起き上がれるまでにはなったが、すっかり疲れてしまった。仕方ない。家にいよう。

16時過ぎに、宅配便で拡大した夫の写真を送ったと、友人からショートメールが入った。写真もなしの見送りにさせずに済む、と、少しだけ気持ちが軽くなる。

やはり夜は寝汗で3回起きた。

ギリギリの命を繋ぐ

3月8日

昼過ぎに夫の元へ。血圧の揺れは頻繁。血尿変わらず。軟便～水様便。ベッドサイドモニターの心拍数81回／分、血圧126／56mmHg、酸素飽和度92％。取りあえず落ち着いている様子を見て、看護師さんたちと話したり、クルーズ中の写真を見せたりする。なかの一人は、「あぁ、こういうお顔をしていらっしゃるのね、ハンサムじゃないですか、私がＩＣＵに入った時は、もう管だらけだったから」と言われる。そうか、みんな生の夫の顔を知らないんだ！　と、楽しげに笑う夫の顔や姿をたくさんお見せした。

５日に私が声掛けをお願いしたジョンの由来を聞いて、あれからビートルズの曲を流しているんですと一人が言われた。看護師さんたちの優しさに、思わず声が詰まって涙がこぼれた。危険を伴った仕事の中で、粋な計らいをしてくださる素敵な人たちに、心からの感謝を捧げたい。

19時過ぎに友人から、夫の写真と一緒に、いろいろな食べ物、お菓子や佃煮《つくだに》や中華饅《まん》頭《じゅう》など、まるで玉手箱みたいな大きな荷物が届いた。温かい心配りをしてくださる方に、またまた感謝する。遠くからでも見守ってくださると思えば、勇気が湧いてくる。

こうして頑張って動いているが、やはり自身が新型コロナウイルスに感染して肺炎も起こし、治って帰宅したとはいえ、本来なら自宅療養の期間。無理をして寝込んだとしても、誰も助けてくれる人はいない。寝汗をかいて熟睡できず、睡眠不足を抱えながら、といって、ノンビリ寝ている間もないくらいの用事がある。

3月12日

夫に会いに行ったら、酸素飽和度の数字が消えている。肺に穴が開いて、今は人工呼吸器を止めてあるとの事。止めなければ、穴から空気が漏れだして、肺が潰れてしまうそう。健康な人ならば、自然に穴が塞がるが、夫の体力では不可能。ＥＣＭＯで血液に酸素を送るだけ。夫の病状はそこまで進んでしまった。

Ａ医師が、他の人に言えない私の辛さを、自分に話せば楽になるよ、と言ってくださる。そして、私の心臓を心配して、循環器の予約を取るように勧めてくださった。夫は夫、私は私、という事を強調なさる。つい必死になって自分の事をなおざりにしていたと反省した。帰りがけに、循環器外来に立ち寄り、事情を話すと、17日に予約が取れた。独りの厳しさを、嫌と言うほど感じさせられる。でも、すべてはこれからだ。

3月13日

今日もひっきりなしに電話やメールが入る。銀行、友人、私たちそれぞれの兄弟……。旅行会社からは、請求書の件のほか、夫の容態を案じる言葉が聞かれて気持ちが和む。私が富士市の病院にいる頃から、何度も電話で様子を聞いては励ましてくださった。事務一辺倒ではない温かい思いやりに、どれくらい救われた事か。クルーズセクションのメンバーにとても感謝している。

3月14日

昨夜も寝汗で3回目覚め、寝不足。朝9時過ぎから1時間ほど、ベッドに倒れ込むようにして眠った。その後は、立て続けに電話。

夕方、様子を知らせていなかった夫の知人から電話が入り、高飛車にECMOという優秀な機械があるから使ってもらえばいい、医師に言いたい事があるから同道してほしい、と言う。とっくにECMOに繋がれているし、そんな態度だったら、せっかくの医師たちとの良い関係、良い治療もぶち壊しにしてしまう。私の体調もお構いなしの言葉に、抑えていた苛立ちが爆発する。

収まらない苛立ちが、夜中の寝汗の回数を増やし、5回もパジャマを替えた。翌日まで気持ちのすさみが残り、何もする気が起きず、寝たり起きたりを繰り返すだけだった。

3月17日

循環器内科で診察を受ける。Ａ医師から、循環器にかかる時は事情を詳しく話すように言われていたので、ダイヤモンド・プリンセスに乗っていたと告げた途端、医師がのけぞり、キャスター付きの椅子が少しずつ私から離れていく様子が可笑しかった。記録を取っている看護師さんに「こわい？」と訊くと「はい」と頷いた。回復してから来ているのに、医療関係者の反応がこれなのだから、世間は推して知るべし。

夫のＩＣＵに行くと、夫の肺の孔は塞がらず、肺の外側の空気を抜いていた。血圧の乱高下は度々で、突然一気に下がってお終いになるかも知れないと言われた。覚悟しておかなければいけない。

でも、ＩＣＵの医師も看護師さんたちも私を温かく迎えてくださり、できる限りの処置を精一杯してくださっているのがわかるから、感謝の言葉しか言えない。ただ、一緒に並んで腰かけて、いろいろな話を聞いてくださったＡ医師には申しあげた。「今にも千切れそうでも、細い糸で繋がっている命が、ここに在るのと無いのとでは、雲泥の差があるのです。……少しでも長く、頑張ってほしい……」と——。

ＮＨＫからの取材依頼

3月18日

どのようにして私の情報を入手したのか訊ねもしなかったが、何回かＮＨＫが取材を打診してきていた。夫の状態は最悪、私自身の体調も病み上がりで養生もできなかったから、万全とは言い難かったけれど、訴えたい事は山ほどある。散々に逡巡《しゅんじゅん》したが、取材を受けようと決心した。

結婚記念日を祝うために乗ったダイヤモンド・プリンセス。幸せの日々。そこに乗り合わせた、たった一人の感染者によって、たくさんの人が感染した。

この時点では、まだ人数は確定していなかったが、後の集計で、感染者712人、死者13人と厚生労働省より発表された。私も712人のうちの1人。夫は13人のうちの1人だ。

図らずも新型コロナウイルスという、恐ろしいウイルスに夫婦で感染し、私は一命を取りとめたものの、夫は今、生死を分ける淵に立たされている。いや、むしろ、淵に滑り落ちてしまうのは時間の問題とまで言われている。

肺炎は起こしたが生き延びた私がしなければならない事は、夫を決して無駄死にさせない事。うやむやのうちに葬り去られては、彼の無念が晴らせない。まだまだたくさんの夢を持ち、したい事が山ほどあった元気な人を、いなかった事にするわけにはいかない。

そしてもう一つの務めとして、苦しんでいる夫の組織細胞、血液、体液、刻々と変わる病状のすべての情報を研究機関に送って、新型コロナウイルスの解明に役立て、後の人々を救う事。

3月19日

取材を決めた翌日、NHKの記者がわが家に来訪した。10時50分から2時間ほど、メモを取りながら、私の話を聞いて帰られた。

夕方、夫の病院の看護師さんが電話をくださる。感染症で亡くなっても、ジッパー付きの袋から顔が見られるし、手袋をはめれば外側から触れられるように変わったとの事。そして、お気に入りの服があれば、最期に着替えてもらえるようになった、と。少しは人間らしい扱いをしていただけるようで嬉しく、夫の兄に連絡した。

3月20日

寝汗で5回も目覚め、よく眠れないままに朝を迎える。心臓がゴトゴトと壊れかけのように、無駄に鼓動を繰り返している。起き上がった時からすでに消耗しきっているのがわかる。それでも他に家族はいないのだから、日常の雑用をこなす。

午後、ＩＣＵの看護師さんから緊急連絡。血圧の低下が著しい。最大血圧が36まで下がったと聞き、慌てて病院に駆けつけた。

A医師よりの病状・処置説明書を受け取る。様々な診断、対応、処置の説明の最後に、次のように書かれていた。

患者氏名　　多岐沢　茂男　様

総合的に終末期状態と考えます。昇圧剤・血液製剤その他医療資源で投与が可能な

ものはすべて投与しました。現在は血圧維持が困難になっています。苦痛がないようにお看取りする方針です。

病状については現時点で予想されることであり、かわることがあるかもしれないことは、予めご承知ください。最善と思われる選択（医療・治療）が、必ずしも皆様の期待される最高の結果につながるわけではないこともご了解いただきたくお願い申し上げます。

頭の中が痺《しび》れるような気がしながら、同意書にサインした。

夕方にはどうやら持ち直し、血圧も１１５／66。

帰路のタクシーから遥か遠くに見えた富士山のシルエットが美しく胸に焼き付いている。

帰宅しても落ち着かず、夕食の準備に入る前に、結婚して以来初めて皿を割ってしまった。

二人して気に入っていた青花の大皿の破片を集めながら、床に涙がポタポタと落ちた。

3月21日

午後、病院に行く。

ＩＣＵの夫のベッドサイドモニターの酸素飽和度の数値がない。指先が冷たくて数値が拾えないという。遅くまで様子を見たが、結局そのまま変わらず、病院を後にした。

命の灯が、消えてしまった

3月22日

2度目の寝汗を拭き終わった深夜、病院から電話が入る。慌てて支度してタクシーに乗り込み、１時56分に病院着。ＩＣＵの待合室に待たされた。

夫の部屋の前に私が立った2時12分。それが夫の死亡時刻とされた。

モニターのすべての数値が、ただの横線になっている。土気色の顔の一部が見える。命のカケラもなくなって、横たわっている夫。涙も出ず、ただ見詰め続ける事しかできなかった。

管だらけの身体を清めるのに、４時間は掛かるから、奥さんは一度家に帰って休んで、9時30分までにまた病院へ来るようにと言われる。暗く、ひと気のない廊下に、タクシー用の電話機が置いてある。タクシー会社は幾つも書いてあるが、片端から掛けても、深夜、電話に出てくれた所は2社だけだった。しかも応じてくれたのは1社。心細く、長い時間を費やした。

夜が明けて、再び病院へ。9時15分。ＩＣＵの病室のガラス戸の前に、ベッドが移動していた。できるだけ生前に近い顔になるようにと含み綿をし、管を貼り付けた痕を綺麗に拭って、あまりやつれた様子に見えないようにしたという、看護師さんたちの心遣いに胸が打たれる。お気に入りの浴衣をきちんと着せてもらって、夫の顔は穏やかだった。

目を開けて！　祈るように念じたけれど、ピクリともしない。

看護師さんが夫の右手を持ちあげて、ガラスに押し当ててくれた。私もガラスに手を押し当てる。温もりもなく、ガラスの無機質の感触だけ。涙がとめどなく流れる。身体が小刻みに震える。最期の別れ。本当に最期の別れ。

10時25分、葬儀社のスタッフ二人が防護服に身を固めて、病室に入る。私は廊下で待つ。10時35分、霊安室で合掌する。Ａ医師や看護長、副看護長、看護師さんたち数人が合掌してくださった。

だが顔を見せてはもらえなかったし、手袋をはめて触れる事もできなかった。

お棺を冷蔵室に納めた後、葬儀社の人が防護服をスーツに着替え、消毒を終えるのを待って火葬の説明を受けた。

火葬は明日、23日、16時から行なう。時間をずらす事はできないから病院に15時までには来て、救急の警備員に到着した旨を伝える事。15時40分に病院を出発し、15時55分までに葬儀場に到着する。16時５分から火葬。17時30分頃に収骨。

感染症で亡くなった人の火葬は、人払いをして行なう。費用は、市外住民の火葬料金として、８万円。葬儀社の直葬・火葬式のプランが22万円。感染症の遺体専用、感染防止用特殊納体袋、２万６４００円。遺体搬送車両の消毒作業料、１万６５００円。合計34万２９００円。

葬儀社はただちに役所に死亡届を出し、火葬許可証を取得する。死亡届のコピーは５部用意して、私に渡す。

夫が、つい先ほど亡くなったばかりなのに、いきなり事務的な話になって戸惑う。そう、泣いている場合ではなくて、これは仕事の話。葬儀社として当然の事。今まで私はあまりに素早い火葬の事しか考えていなかった。他の様々な手続き、それも感染症という特殊な条件で、どんな事が必要なのかなど全然思いもしていなかった。

テキパキとした説明を聞き逃さないように、必死にメモを取った。夫の火葬に落ち度があったら大変だもの。

3月23日

前日指示されたように、15時までに病院へ行く。火葬を行なうにしても、普通の葬儀のように、お坊さんを頼めるわけもなく、花束を飾る事もできない。せめて写真だけと思って数日前に友人に頼んで、旅行中にスマホで撮った夫の写真を引き伸ばしたものと、お数《じゅ》珠《ず》を持って病院へ行く。

感染症で亡くなったという事は、お棺と一緒に身内が霊柩車《れいきゅうしゃ》に乗る事もできないという事なのだ。夫の郷里から駆け付けた義兄と私はタクシーで葬儀場へ。お棺は、防護服を着た葬儀社の人が霊柩車を運転して葬儀場へ運ぶ。

15時50分、葬儀場に到着。駐車場には他の車は1台もない。広い葬儀場のホールはガランとして人の姿はなく、シンと静まり返っている。こちらへと言われて行った先に、夫のお棺がポツンと置かれ、その前に簡単な焼香台が据えてあった。その上に夫の写真を飾る。二人きりの参列者。読経もない。あっという間に焼香は終わり、それさえ待ちかねたように、防護服を着た係がお棺を台車に載せて速い足取りで押していく。台車の音と、靴音が、大きく響く。火葬炉がズラリと並んでいる。

16時、なかの一つの炉の扉を開けた。何のためらいもなく、その中へ夫のお棺が送り込まれていく。

こっそりと人目を憚って荼毘《だび》に付される夫が可哀想で、悲しくて、気が遠くなりそうになった。こんな形で夫が燃やされてしまう。寂しすぎる。むごすぎる。こんな終わり方を誰が想像できただろう。

お骨になるまでの1時間半の間に、夫の親しい友人が来てくださって、義兄と夫の元気な時の話をしていた。唯一の救い。だが私はいたたまれず、人のいないホールをウロウロするばかりだった。

収骨と言われて炉の横に立って見た骨は、脛《すね》もシッカリしていて、まだまだ死ぬはずの人ではなかった。骨になった夫を認めたくなかった。3人でお骨を拾った。皆こんな風になるとわかっていても、胸の中を風が吹き抜ける。立っているのがやっとだった。張り詰めていた気力が萎えて、歩くのも辛い。

船室に閉じ込められて二人とも発熱し、夫が10日に緊急搬送されるまでの6日間の必死の看病、静岡での私自身の肺炎との闘い、病み上がりでICUの夫の顔を見て絶望的な説明を受けてからの、いつ呼び出しが掛かるかわからない緊迫した日々と、残酷な別れ。素早い火葬。無我夢中で過ごしてきた刻の流れがピタリと止まった。

夫は、収骨されて、台の上の骨壺の中に納まり、木箱に入れられ、白い風呂敷に包まれて温かかった。中に埋葬許可証が入っています。風呂敷包みのまま保管してください、と告げられる。

前もって、義兄と私が相談して決めていた事。それは、私の住まいに運ぶのは止めたほうが賢明だろう。祭壇を作ったりすると、人の出入りで目立ち過ぎる。独り暮らしになった事も、コロナ感染で亡くなった事も、しばらくはあまり知られないほうが良い。葬儀と埋葬まで、夫の郷里の菩提寺に預かっていただくようにお頼みしておく。

しかし、骨壺は、高齢の義兄が持ち歩くには重過ぎた。葬儀社が言った。きちんと宅配便で送る事ができますよ。

頭の中が真っ白で、考えるゆとりがないが、もしも重い包みを持って、義兄に何かあったら取り返しがつかない。葬儀社の申し出のまま、送っていただく事に決めた。お骨さえ抱いて帰れない。二人で決めた事なのに、泣きたいような虚無感が押し寄せる。私の手の届かない所ですべてが流れてゆく。

夕暮れの葬儀場を、3人がそれぞれに、別の車、別のタクシーに乗って帰路に就く。言いようのない虚しさ、寂しさに胸が締め付けられる。誰も待つ人のいない家に向かう侘《わび》しさを、嫌というほどに噛みしめる。本当に独りになってしまった。

残された私

3月24日

知人が、身内が亡くなった時の手続きの本を貸してくださった。少し読んでみてびっくりした。主人《あるじ》が亡くなると、手続きが山のようにあると初めて知った。すべての名義を書き換えなければならない。到底、私にできるとは思えなかったが、とにかく一人で頑張るほかない。コロナ禍で、誰も手を貸しに来てくださる方がいないのだもの。

一度コロナに感染した私が、もう本当に大丈夫なのか不安があり、帰国者・接触者相談センターに電話で問い合わせた。ＰＣＲ検査をしていただけるかと。だが、富士市の病院で2回とも陰性で、４週間経っているので検査する必要もないし、暇もない。マスク、手洗い、うがいをきちんとして、再度発熱したら連絡せよ、との事。

あちこち役所だの銀行に出向かなければならないから、安心が欲しい。

地元のコロナ患者を受け入れている公立病院に電話を掛け、紹介状を持っている旨を伝えると、新患予約係に紹介状の出どころを訊かれた。私が入院していた富士市の病院の電話番号を伝える。するとまもなく、懐かしい看護長さんが電話を掛けてきてくださった。

次いでお世話になった看護師さんともたくさんの話をする。その間に看護長さんがいろいろと動いてくださったらしく、地元の病院から電話が入り、３月26日の12時30分までに新患受付まで来るようにと指示される。

お昼過ぎに昨日のうちに連絡しておいたＮＨＫの記者から電話が入り、様子を尋ねてくださった。夫のために取材を受ける事に決めたのだから、変更する気はない。

3月25日

相変わらず寝汗をかき、不眠続きだが、これからしなければならない手続きをリストアップする。こんなに煩雑な事柄をこなせるのか不安が募る。

3月26日

午後、地元の病院で診察を受け、Ｘ線検査と血液検査の結果を待つ。15時過ぎ、呼吸器内科の医師は結果を見ながら、新型コロナウイルス治癒。肺もすっかり綺麗になっていますよ、と言ってくださった。

少なくとも、私が感染源にはならない事がわかりホッとする。

3月27日

夫のたくさんあるカード類を調べ、何に使っていたか突き止めなければならない。今日までにも、いろいろな請求書が届き、いちいち現金で支払っていた。銀行に行く時間も体力もない私は、病院にコンビニがあって、どれほど助かったかわからない。

11時前、ＮＨＫの記者から電話が入る。29日にディレクターと一緒に昼頃に伺いますとの事。その後、旅行会社に、夫の病院に掛かった費用の請求書を送った。旅行会社からダイヤモンド・プリンセス側に回してくださるそうだ。

夕方、コロナ治癒が判明したので美容院に行く。ショートヘアの私は、月に1回カットに行くのに、２か月以上も放ってあった。「ご主人はどうされていますか？」と問われて、「いつも通りよ」と答えるのが精一杯だったが、男性の美容師さんは深追いしないので助かる。

3月28日

今回の旅行で、夫は海外旅行保険に入るのを拒んだ。慎重な人がどうして？　と不審に思ったが、言いだしたら聞かないのでそのまま出掛けて、新型コロナウイルス感染で亡くなってしまった。

外国の航空会社に勤めている関西の姪《めい》から「保険の付いているカードがあるはずだから全部調べなあかんよ」と言われて探したが、空振りだった。

3月29日

思いがけない晩春の雪！　庭の花も、地面も、道路も白くなった。

午後、雪の中をＮＨＫの記者とディレクターがいらして、当時の船の状況を説明したり、旅行の写真をお見せする。３時間近く話しただろうか。

17時過ぎに夫の車の件で、夫の二人の兄と電話する。いつも病院へ来てくださった義兄が、夫の形見に自分が乗りたいとの事。渡すに当たっての名義変更や手続きなどが必要だが、まだその他の手続き問題が山積している間は、とても取りかかれない。

3月31日

相変わらず役所やカード会社とのやり取り。ややこしい感染症公費負担申請書の書き方がわからず、今回お世話になっている旅行会社に問い合わせたら、書き方を調べて送ってくださった。さまざまな難問を、親身になって一緒に解決してくださった旅行会社のクルーズセクションの方々には、本当に感謝するばかり。顔は知らないけれど、何度もしつこく問い合わせしているうちに、声でどなたかわかるようになり、心細さを、どれほど癒やしていただいたか。本気で寄り添ってくださった優しさが身に染みている。

第3章　労働が悲しみを紛らわせてくれる

〈2020年4月1日～5月19日〉

――読経が始まってしばらくすると雨だれが聞こえ、それが突然
猛烈な雨音に変わった。
あぁ、夫が泣いている。これほどに激しく悔しかったのか――

雑務に忙殺されて

2020年4月1日

ＮＨＫの記者からの電話で、取材は４日の14時からと決まる。

家人が亡くなっても悲しんでいる暇がないというのが、本当に本当だと実感しながら、頭も身体も動かしている。亡くなって１週間以内とか、２週間以内とか、その他の変更・解約手続き等々の書いてあるリストが恨めしい。追い立てられるようで、精神のバランスが崩れていく。他に家族がいたらなぁと、つくづく思う。

午前中、葬儀社への支払いの問い合わせをし、午後は携帯電話会社にスマホやタブレットを解約するのに必要な書類を尋ねる。夕方、横浜市健康福祉局に、手元に届いたややこしい書類の書き方を訊く。頭が働かないのか、いくら訊いても要領を得ない。結局、また旅行会社のＫさんに書類の書き方を頼る。その間にも、兄や友人などと電話のやり取り。

アメリカにいる長兄が、次兄に、私への救援物資を代わりに送ってやってという事で、大きな荷物が届く。缶詰やパックの食料品の数々。ほかにも何人もの方が、いろいろな食料品を送ってくださった。

出掛けたのは、自分のための病院と美容院だけ。あとは家に引きこもって、手続きの数々への対応と、家事で日が暮れる。

4月2日

いよいよ外出。少し覚悟が必要。役所で戸籍謄本と住民票を何通かずつ取り、介護保険証を返却。スマホとタブレットの解約に、比較的空いている携帯ショップに立ち寄る。

ずっと外を歩いていないので、それだけで疲れてしまう。

運転免許証の件で警察署に電話したら、運転しないのだから、記念に持っていても良いと言われてホッとした。

4月3日

昨夜もまた寝汗と不眠。2月11日に富士市の病院へ搬送されてからずっと、毎夜、寝汗と不眠。堪り兼ねたのと、もう肺炎が治癒した事がわかったので、近所のクリニックに行く。

かかりつけの医師に、ダイヤモンド・プリンセスに乗って、新型コロナウイルスに感染した事、夫がそのせいで亡くなった事などをすべて話した。

医師は、旦那さんが亡くなったら誰でもおかしくなるのに、あなたの場合は物凄いストレスが掛かっているから、寝汗や不眠は当たり前ですよ、と言ってくださる。F病院で処方された誘眠剤をやめて、慣れている薬に戻して、よく眠ってみたら如何ですかとの事。医師に相談して話した事で、ずいぶん気持ちが楽になった。

この思いをすべて伝えたい

4月4日

14時、ＮＨＫの取材班が来られた。人目を憚るので、車を家から離れた場所に停めて、一人ずつ玄関に入っていただく。一人は連絡し合っている女性の記者。ディレクターも一度会っている。映像さんと音声さんが初めての方。

チョコレートケーキを持ってきてくださったので、始める前に、お持たせだけど顔繋ぎで一緒にいただきましょうと提案した。相手に慣れてからのほうが話しやすい。インスタントだがコーヒーを淹《い》れて、一緒に食べ始めたが、やはりプロは私が食べる様までカメラに収めていらした。

ダイヤモンド・プリンセスで起こった事を、初めから話し始めた。記者の質問に答える形だが、話す事はいくらでもある。時々ディレクターや映像さんも質問する。ＩＣＵでの呼びかけを話すと、皆が涙を流し、両手の塞がっている音声さんなどは、腕のシャツで涙を拭きながらマイクを構えて聞いてくださっていた。

私自身、その時の場面がフラッシュバック。でも一生懸命、落ち着いて話したつもり。

夫の苦しみや死を語るのは辛い。しかし、現実を伝えなければ、誰もがコロナを他人事として、予防しようとしないだろう。亡くなった時の、ガラス越しの別れを話すのも、再び身を切られるような思いが押し寄せてきたけれど。感染症の死の実際を知っている人は少ないと思う。でも、だからこそ話さなければならない。コロナの非情さを伝えたかった。

それと共に、何故、高熱を訴え続けているのに、まるで対応しなかった責任が何処にあるのかを問いかけたかった。

間に休憩を入れた。抹茶のお供に、夫と一緒に手作りした、混ぜ物なしの栗の茶巾絞りをお出しした。

季節ごとに、庭で採れる渋柿を吊《つ》るしたり、柚子《ゆず》ジャムや柚子ジュース、ヨーグルトに入れる柚子皮の細切りを作った。アシタバの胡麻和《ごまあ》え。フキノトウの天ぷらや佃煮やフキ味噌《みそ》。ミョウガの酢の物。たくさんの思い出が溢れだしてきて、胸が痛んだ。

いろいろと私の話を録音し、写真を撮って、取材班が帰られたのは18時。いつ放映されるかは後日、連絡するという。

4人の若い方々と、言葉がすんなりと伝わる心地よさを味わったお陰と、誘眠剤を変えたせいで、この夜は本当に久し振りに熟睡できた。

4月5日

昨日のNHKの4時間にわたる取材は、初めての事ゆえ少々疲れたが、頑張る勇気をいただけたような気がする。

夫が亡くなった後の手続きが数知れず残っている。夫以外、家族のいない私は、独りですべてを片付けるほかない。戸籍謄本、住民票、印鑑登録証明書、改製原戸籍……。夫は本籍を転居する度に変えた。それらすべての証書を揃える必要がある。どうすれば良いのか役所の人に尋ねて、取りあえず必要な金額の小為替を買った。丁寧に教えていただいて、本当に助かった。

4月6日

夫の兄と葬儀の日取りや、戒名、精進落としの事など電話で話し合う。
できれば25日に私が泊まりがけで行って、26日の日曜日に菩提寺で葬儀と埋葬をしたい。
義兄が明日、お寺に交渉に行ってくださる事になった。

4月7日

義兄からの電話では、お寺は葬儀の予約で満杯で、最短でも5月16日土曜日の11時からしかできないと言う。これ以上延期はしたくない。もうそれで決めていただく。

お寺からは、新型コロナウイルスの感染予防のため最少の人数で参加するようにとの事。精進落としなどという大袈裟《おおげさ》な食事会はできないので、葬儀の後、こぢんまりと偲《しの》ぶ会をする事にした。

銀行や役所などへ宛てた書類5通を整えてポストへ投函。

ネット上の口座の確認、年金事務所への問い合わせなど、10件以上の電話を掛けたり、掛かってきたり。

この日、4月7日19時、緊急事態宣言が出された。

4月8日

午後、NHKの記者から、明日9日木曜日21時から『ニュースウォッチ9』で放送される事が決まり、現在、編集の追い込み中という電話をいただく。

4月9日

朝、7時頃、記者からのショートメールに気付く。昨日の夜に来たもので、編集さんが私たち夫婦のツーショットなど、二人の写真をたくさん盛り込みたい旨が書かれていた。写真だけでなく動画も欲しいとの事。慌ててスマホの写真と動画を見繕って送信した。編集の作業に追われているという。時間との勝負になる現場の大変さを垣間見る思いがする。顔の部分にボカシを入れるか入れないか、ボカシの程度はどのくらいにするかもメールで決める。

13時30分頃、カーニバル・ジャパンの女性から電話を受けた。NHKの番組を見てほしい旨を伝える。

夕方、兄や、数人の友人に、『ニュースウォッチ9』に私が出る事を連絡する。

長時間の取材の中から何を選んで、放送されるのか知らなかった。21時、NHKの番組がスタートした。

＊＊＊＊＊＊＊＊＊＊＊＊＊＊＊＊＊＊＊＊＊＊＊＊＊＊

【『ニュースウォッチ9』（ＮＨＫ）２０２０年4月9日　21時より放送】

～新型コロナウイルス　夫を亡くした妻の証言～

「結婚記念日のクルーズ船旅行が…妻が語る1か月半」

ボカシをかけた顔が話していた。

「新型コロナウイルスの実態を知ってほしい。怖さを、残酷さを知ってほしい。夫が思いがけない新型コロナウイルスに侵されて、そして苦しんで逝った様も知ってほしい。

風邪のような症状から、みるみるうちに状態が悪化したが、緊急搬送される時すら、帰れなくなるなどとは想像もしなかった。

自分も感染が判明して隔離されたが、ほぼ3週間で退院した。夫の元に駆け付けたが、ICUの中でECMO《エクモ》に繋がれてすでに意識もなく、近寄る事すらできず、ガラス越しに見るだけだった。最後の別れもガラス越し。亡くなった翌日には火葬。それさえも人払いした葬儀場で参列者は二人きりの寂しいものだった。」

＊＊＊＊＊＊＊＊＊＊＊＊＊＊＊＊＊＊＊＊＊＊＊＊＊＊＊＊

私の話や姿が出たのはほぼ10分間だったが、番組が終わった直後の22時頃から、知人、友人が電話やメールで、衝撃を受けた事やお悔みの言葉を伝えてくださった。

4月10日

朝８時から、声を掛けなかった方々からも、次々と電話が掛かる。マスクをして、ボカシをかけていただいても声は自分の声だった。簡単に私だとわかってしまうのなら、いっそボカシなんて必要なかったかも知れない。そう、悪い事をしているわけではないのだもの。

10時44分、ＮＨＫの記者から電話が入り、凄い反響があった由。たくさんの人が見て、コロナの恐ろしさ、残酷さを肌身に感じてほしい。

午後、私がずっとお世話になっている謡《うたい》の先生から、ご自分で吹き込んでくださった『江口』のテープと御霊前が届いた。早速テープを再生する。涙が止まらず、でも、何度も何度も繰り返し聴いた。胸に染み込んでくる深く真摯《しんし》な声調と文言。いつの日か涙が出なくなる時、夫が仏界に入り、私の守護神になってくれると信じたい。

夕方まで続いた頻繁な電話の応対で、１日が終わった。

日常に忍び寄る悲しみ

4月11日

寂しさや悲しみを、忙しく身体を使う事が紛らわしてくれる。ややこしい手続きの合間に、今まではしなかったような力仕事に汗をかく。部屋をあちこち片付け、もう、そこで眠る人のいないベッドを整える。

午後、謡の友人からお悔やみのお花代と大きなお線香の箱が届く。お礼の電話をお掛けてして、少し話をする。彼女も『ニュースウォッチ9』を見終わってすぐに電話を掛けてくださった中の一人だ。

4月12日

何故か追い立てられるような気持ちで、各部屋のレースのカーテン8枚を、次々と洗っては乾かし、窓サッシを拭きあげる。ひたすら身体を使って汗をかき、その合間に名義変更依頼などなどの電話を掛ける。新型コロナウイルスのせいで、応対の人員が少なく、待たされてばかり。苛立ちを労働で紛らわすほかなかった。

4月13日

もう処分するしかない夫の着さしの衣類を、綺麗に洗濯して、クローゼットや引き出しにきちんと仕舞う。夫は自分の衣類を乱雑に放り込んでいたから、分類しながらの作業。何も、こんな事しなくても良いのに、と思いながらも、心の何処かで、また帰ってきてくれるような、あり得ない幻想を持ち続けている。

18時39分、ＮＨＫの記者から、私の話した事をホームページの特設サイトに載せると連絡が入る。

4月14日

変な話だが、やっとマトモな便が出るようになった。ダイヤモンド・プリンセスでの最後の日々から、富士市の病院に隔離されている間も、家に帰ってきてからも、腹痛はないものの、軟便から水様便しか出ず、私にしては異常な経験だったから、精神的に少し落ち着く。もしかしたらこの時まで、新型コロナウイルスが私のお腹の中に居座っていたのかも知れないと思うとゾッとする。

今年は庭の花たちが狂ったように咲き乱れている。フェンスから道路に溢れる花の咲き殻を掃き集めるのが、毎日の重労働になってきた。今までは夫が毎朝、道路に落ちた葉も花殻も掃き清めていたのを、他人事のように見ながら「綺麗に咲いてるでしょう〜！」などとほざいていた。時折、夫が忌々しげに大きな音を立てて塵《ちり》取りを引き摺《ず》っているのを聞いて可笑《おか》しがっていたのに……。

実際に自分で掃き集めると、並みの仕事ではないと初めて気が付いた。あぁ〜、有り難い事だった。気付きが遅い！　悔やんでも取り返しがつかない。

夫の写真に、ありがとう！　ごめんね！　と声を掛けた。

道路の掃除などの作業を続けていたら、他にするべきたくさんの用事が疎かになる。意を決して、フェンスからはみだした花枝を切って落とす。今までの私だったら考えられない、無残な行為。

ご近所の奥様が、お花を切らないで！　と言ってくださるが、仕方ない。心を鬼にするとはこの事かしら。それとも鬼になるとはこの事かしら。

私は変わってしまった、と思いながら、夫を奪ったコロナに憎しみを募らせる。

ひたすら身体を酷使する日々を過ごした。家の中でも、外回りでも。節々が痛み、筋肉が強張る。こんな悲しみを経験した事のない人は、力仕事ができるようになって良かったですね、と、ほんのりとしたメールを送ってくる。
そんな話ではない。涙を堪えながら、思考を停止させようと必死だったのに。

４月17日

14時23分、記者から連絡があり、ＮＨＫの特設サイトのＵＲＬを教えてくださる。取りあえず私の二人の兄と、何人かの友人に連絡し、読んで欲しいと伝えた。

４月18日

ＵＲＬを、他にも知っていてほしい人たちにメールで送信する。私たち夫婦の個人的な経験ではあっても、新型コロナウイルスに感染するとどうなるか肝に銘じてほしい。回復して、医師から安全な人と太鼓判を押されても、周囲はなかなか受け入れてはくださらなかった。

まして夫のように亡くなった場合の処遇は、感染症という事で、防護服を着た葬儀社の人たちが、まるでバイ菌だらけのゴミを処分するように、ジッパー付きのビニール袋に入れて納棺する。手を合わせる時も、お棺の窓は開けられない。そしてできるだけ早く荼毘に付す。人払いをして、コッソリと。人生の最後の儀式にしては、あまりにも残酷で、悲し過ぎる。

亡くなったと聞けば、人は皆、お通夜はいつ、告別式は何時と問うてくる。そんな事情ではない事を知ってほしい。文字で読んで知っている気でいても、現場に居合わさなければ到底理解し難い、不条理で厳しい現実。

眠れない日々が続き、病院で新たに処方された誘眠剤を服用する。

4月19日

昨日の嵐が嘘《うそ》のように晴れたので、夏に向けてエアコンの室外機に断熱材を付けたり、窓の下に置いてある大きな壺を防犯のために移動させた。夫がいた時は、そんな心配もしなかったのに……。花木の剪定《せんてい》もして、暑くなればできない力仕事で早くも汗みずくになった。

郵便はがき

料金受取人払郵便

新宿局承認

3971

差出有効期間
2022年7月
31日まで
(切手不要)

160-8791

141

東京都新宿区新宿1－10－1

(株)文芸社

愛読者カード係 行

ふりがな お名前		明治 大正 昭和 平成	年生 歳
ふりがな ご住所	□□□-□□□□	性別 男・女	
お電話番号	(書籍ご注文の際に必要です)	ご職業	
E-mail			
ご購読雑誌(複数可)		ご購読新聞	新聞

最近読んでおもしろかった本や今後、とりあげてほしいテーマをお教えください。

ご自分の研究成果や経験、お考え等を出版してみたいというお気持ちはありますか。

ある　　ない　　内容・テーマ(　　　　　　　　)

現在完成した作品をお持ちですか。

ある　　ない　　ジャンル・原稿量(　　　　　　　　)

書　名			
お買上 書　店	都道　　　　　　市区 府県　　　　　　郡	書店名	書店
		ご購入日	年　　月　　日

本書をどこでお知りになりましたか?
1.書店店頭　2.知人にすすめられて　3.インターネット(サイト名　　　　　　)
4.DMハガキ　5.広告、記事を見て(新聞、雑誌名　　　　　　)

上の質問に関連して、ご購入の決め手となったのは?
1.タイトル　2.著者　3.内容　4.カバーデザイン　5.帯
その他ご自由にお書きください。
(　　　　　　　　　　　　　　　　　　　　　　　　　　)

本書についてのご意見、ご感想をお聞かせください。
①内容について

②カバー、タイトル、帯について

弊社Webサイトからもご意見、ご感想をお寄せいただけます。

ご協力ありがとうございました。
※お寄せいただいたご意見、ご感想は新聞広告等で匿名にて使わせていただくことがあります。
※お客様の個人情報は、小社からの連絡のみに使用します。社外に提供することは一切ありません。

■書籍のご注文は、お近くの書店または、ブックサービス(0120-29-9625)、セブンネットショッピング(http://7net.omni7.jp/)にお申し込み下さい。

家の中では、あちこち片付けたり掃除したり、ほとんど一日中、身体を動かし続けた。この家は機能性を重視しているだけあって快適だが、その分、フィルターの掃除、交換などなど、嫌でも点検のランプが点いて教えてくれる。何歳まで、それに従っていられるだろうと、ふと考えてしまった。

4月21日

朝から何件もの電話とメール。数えたら18件。何時間スマホを使っていたのだろう。銀行や証券会社に請求される手続きの書類には、夫の兄弟だけでなく、両親の戸籍謄本、両親が結婚するまでの母親の戸籍謄本までが必要なのだが、古い戸籍は手書きで、判別できないような崩し字で書かれている。謄本をそのまま提出する分には構わないが、私が記入しなければならないフォームもあって、義兄に電話で問い合わせた。

4月22日

昼間は相変わらずの電話とメール。名義変更、不備だった書類に付加するもののチェック、問い合わせ、支払い。神経をすり減らし、疲れてしまい、夜、ボンヤリと『ためしてガッテン』を見ていると、ハッピーホルモンと呼ばれるオキシトシンの話。今の私に一番欠けていて、一番必要なもの。寂しさが忍び寄ってきて、胸の奥をチクチクと蝕《むしば》んでいる。
毎日が電話、メール、郵便でのやり取りに追われて過ぎていく。知らない暗い道を、手探りしながら進むような覚束なさと不安。間違った道だとしても、周りには誰もいない。

時折、夫の大学時代の友人が電話を掛けてくださったのは救いだった。夫と私が卒業した大学には、卒業生たちが集う「ホームカミングデー」というイベントがある。そこに夫婦で参加した時に一度だけお目に掛かった方々だが、夫を知っている方と話すと気持ちが落ち着く。もう亡くなっているのだけれど、その時だけは夫が生き返る。交流の中であった事、何処かへ行った事。その中で夫はイキイキと話し笑っている。

4月28日

花壇を整えていると、近所の奥様に夫の事を訊かれた。嘘も付けないので亡くなったと言った途端、彼の死が現実になって、思いがけず涙声になってしまった。

哀しさを紛らわすために、休みなく働いた。椿《つばき》の剪定、大事にしていた石楠花《しゃくなげ》が枯れた跡地を耕してエビネの植え替え、庭石の移動、新しい土を入れたり、肥料を撒いたり。家に入れば、冷蔵庫の掃除、排気フィルター交換、給気フィルターの掃除……。

4月29日

旅行から帰ったら二人で濡れ縁に防腐剤を塗るはずだった。ここは買い物には不便な場所で、車が必要なのに、去年、70代の女性が立て続けに事故を起こした。ちょうど運転免許証の書き換え時期に当たっていたので、夫の意見に従って返納してしまった。夫が亡くなり一人残されるなど想像もしていなかった！　浅慮を悔やむが仕方がない。トボトボ歩いてホームセンターに行き、私には重い防腐剤を持って、ショボショボ帰宅する。明日の仕事として、取りあえず濡れ縁を綺麗に拭きあげた。

4月30日

早めに防腐剤を塗ってしまいたかったが、名義書き換えに必要な書類を夫の兄弟に送る用事ができて、返信用の封筒に私の宛名を書き切手を貼り、短いが手紙をそれぞれに書いて、またもやテクテクと郵便局に簡易書留3通を出しに行く。

あちこちから電話が入るので、スマホを側に置いて、夕方、やっと防腐剤を塗り終えた。

これで梅雨に入っても安心。

『NHKスペシャル』の放送と反響

5月1日

11時43分、NHKの記者から電話があり、5月3日の『NHKスペシャル』に私の話を入れるとの事。細かい詰めが必要で、間違いがないようにしなければならない。

15時57分、カーニバル・ジャパンの女性の担当者に番組を見てほしいと伝える。

お昼には菩提寺からも葬儀の件で電話が入り、細かい打ち合わせが必要との事。義兄に電話を掛け、ざっくばらんにいろいろと相談をした。

5月3日

『NHKスペシャル』は、21時から22時10分まで、いつもより10分延長して番組は始まった。

＊＊＊＊＊＊＊＊＊＊＊＊＊＊＊＊＊＊＊＊＊＊＊＊＊＊＊＊＊＊

【『NHKスペシャル』（NHK）2020年5月3日　21時より放送】

調査報告　クルーズ船
未知のウイルス　闘いのカギ

番組が始まり、クルーズ船のビュッフェスタイルのホライゾン・コートが映り、見覚えのある女性クルーの姿、アトリウムでの獅子舞。いきなり場面が変わり、私が家でスマホを見ている。夫を亡くした女性と紹介するナレーション。またすぐに船上の賑やかなパーティーの様子に変わる。夫が撮ったビデオだ。夫が私の名前を呼び、私が振り返って笑い、手を振る。

番組中盤からは、未知の新型コロナウイルスの正体を探る。急激な感染拡大、気付かないうちに進行するサイレント肺炎と呼ばれる症状、突然の重症化。船内での混乱ぶり、命をめぐる対応の難しさ、などなど、多岐にわたる専門家の言葉が次々に表出されていく。

＊＊＊＊＊＊＊＊＊＊＊＊＊＊＊＊＊＊＊＊＊＊＊＊＊＊＊＊＊

どのような編集なのか全然知らされていなかったので、最初に自分の姿が映しだされたのに驚かされた。

番組では、何人もの専門家がクルーズ船内の状況やその後の対応を分析していたが、私にとって伝えたかったのは、その船の中でどんな思いをしたか。

船室に留置されて連絡手段は電話だけの状況で、高熱に苦しむ夫を助けたくて、何十回となく医務室に電話しても、「順番です」だの「ドクターが手一杯」だのと言われて切られてしまう、その理不尽を、どうしても許す事ができないのだ。そのうえ、陽性と言われ入院した女性が何の症状もなく、退院していた事を番組を見て知った時のショック。

そして、何故夫は見捨てられてしまったのか？　誰が選別したのか？　トリアージのミスとしか考えられない！　もしも貴方や、貴方の大切な人が同じ目に遭わされたら、黙っていられますか？　と、悲鳴のような声を上げずにはいられない。

そして感染を知りながら、パーティーや催しを続けたダイヤモンド・プリンセスの会社の責任はどうなっているのか？　船に乗るという事は、命を預ける事だと、本当に理解して運行しているのか？　預かった命の重さを実感していたら、もっと違った対応をしただろう。

日本人が数多く乗船し、日本に寄港している、イギリス船籍でアメリカが運営会社のダイヤモンド・プリンセス。複雑な事情を抱えたクルーズ船に、日本の厚生労働省が戸惑ったとはいえ、まず命を最優先してほしかった。役人ではなく、医療の専門家が先に立って動いてほしかった。

番組の最中にも、友人が、「テレビに映っているの貴方に似てるけど、違うわよね」とメールをくださった。「そうなの」と返すと「まぁ何て事！」と絶句。番組が終わるやいなや、友人や親戚から、立て続けに電話やメールが入ってきた。

皆が、私たち夫婦が受けた仕打ちに対して、怒り、悔しさ、もどかしさを口にした。まるで自分が当事者のように。

5月4日

この日も朝から、次々とメールや電話が入った。

お世話になっている弁護士さんから、大変な思いをなさったのですね、と、思いがけない温かい電話をいただいた。夫の大学時代の友人からも、もっと早く対応してもらえていれば、こんな結末にならなかっただろうと、夫の無念さを思い、死を悼むメール。

従兄弟や会社時代の同僚、趣味の会の友人などからも、「どうしてもっと早く搬送してくれなかったのか、悔しい、悲しい」「悔しい、悔しい、悔しい」「多岐沢さんがこんな目に遭って悔しくて、やり切れない」と電話やメールで私にその思いを伝えてくださった。

5月5日

昨夜遅くに着信したメールに気付く。連絡もしなかった謡の先輩がテレビを見てくださった。

「こんな事って。昨夜、テレビで。辛かったね、もどかしくて悔しかったよね。元のように元気になれないかもしれない。でも元とは違う元気の種類だってきっとあるわ。これでおしまい、お返事不要」

簡潔な言葉に籠められた彼女の心遣いに、思わず涙する。

この日も、大学時代の友人、小学校時代からの友人、趣味の会の友人からの電話、メール。一緒に悔しがり、憤慨して、寄り添ってくださる気持ちが本当に身に染みる。母の茶道のお弟子さんだった方からは、缶詰やレトルト食品など、すぐに食べられる美味しいものの詰まった小包が届いた。

5月7日

午前中、旅行会社のKさんがテレビを見たと連絡をくださり、５月９日10時からＢＳ放送で再放送されると教えてくださった。クルーズセクションの方々も見てくださった由。船の対応に、言い様のない憤りを共有してくださる方々だ。

夕方、義兄にテレビの件と、葬儀を依頼する菩提寺の件で話す。

5月8日

昼過ぎまで、種々の手続きの連絡。

ちょっと表に出て気付く。どなたかが、気になっていた塀の外の雑草を綺麗に抜いてくださった。良かった。嬉しい。

『ＮＨＫスペシャル』再放送で見えたもの

5月9日

午前10時。ＢＳ放送で『ＮＨＫスペシャル』が再放送された。３日の放送では、なんとなく落ち着かずに観ていたし、その後のメールや電話対応、夫の名義変更などの手続きが忙しく、撮ったビデオもゆっくり見る暇もなかったが、２度目になるとしっかりとチェックができる。私たちは何も知らないままに過ごしていたから、ＮＨＫの取材によって初めて、乗客の知り得ない船の状況を確認できる。

香港で下船した男性の新型コロナウイルス感染が、２月１日に判明したという。香港に寄港したのは１月25日。朝７時にカイタック・クルーズ・ターミナルに着岸した。

２月１日まで感染が判明しなかったらしい。香港の衛生署はその事実を船の代理店に連絡したが、船会社はすぐに乗客に周知しなかった。何故だ？　命を預かる会社の人道的な義務違反ではないのか？　乗務員の言葉では、船の中の混乱は命の危険に繋がるから、コロナ陽性を誰にも言ってはいけない、何か対策がなされるまでは乗客に言わない事になっていると。

1月30日、国際マジックチャンピオン&台湾で一番有名なマジシャン、サニー・チェンのショーがプリンセス・シアターで催された。私たちは彼の舞台を前のほうで観ていた。満席だった。その後、2月2日にも、彼は別のエクスプローラー・ラウンジでマジックショーを見せたらしい。私たちは行かなかったが、毎日配られるプリンセス・パターに記載されている。

インタビューで彼は、新型コロナウイルスの感染者が出た事を知っていて、少しでも早く自室に戻りたかったと語った。いつ知ったのだろう？　何も知らされていない乗客は、無防備にマジックを楽しんでいたというのに。

2月2日のプリンセス・シアターの演目は、ソプラノのミア・フローレンス、ダイヤモンド・プリンセスのシンガーとダンサー、オーケストラによるポップ・オペラだった。ドレスコードがフォーマルだったので、立ち見が出るほど満席の観客の、特に女性たちのドレス姿は、色鮮やかに大胆で、本当に非日常を感じさせる華やかさだった。

アトリウムでは船長主催のお別れカクテルパーティーが開かれ、無料の各種アルコール飲料を楽しむ乗客でごった返していた。溢れるほどの人数という表現がピッタリで、すれ違うのもやっとという有様だった。私たちはお酒が好きというわけでもないので、混雑ぶりに呆れて、早々に部屋に引き上げたが……。

2月3日の朝8時頃、新型コロナウイルスの陽性者が出たとようやくアナウンスがあったが、ショーもパーティーも今までと同じように続けていた。船側の主張は、食事もショーも、すべて旅行代金への対価として、取りやめるわけにはいかないのだそうな。限られた空間でウイルスを撒き散らすような行為は非常識でしかない。船会社の詭弁《きべん》が罷り通るのだろうか？

各レストランの入り口に、アルコール消毒の機械が設置され、側にクルーがついて消毒を促す事と、自由に料理を自分で取るビュッフェスタイルのホライゾン・コートの入り口で、手を洗うように番をするクルーを配置する他は何も変えずに。

クルーズ船を運行する会社に取材したところ、「乗客や乗員の健康を守るためできる限りの対応をした」と答えた、との事。

1月20日にクルーズが始まり、25日に陽性者が下船してから、2月3日までの14日間、ずっと乗客は非常に危険な状況の中に放りだされていた事に憤りを覚える。

3711人中712人が感染。乗客・乗員の約19％！

この日、夫は酷く咳をし、私に言わずに医務室へ行ったが、様子見と言われた。高齢で糖尿という危険な条件を持っているのに？　決して泣き言を言う人ではなかったから、医務室に行こうと言う私に、あれほど反発したのには、何か訳があると思っている。

22時30分から厚生労働省の職員が乗船し、各部屋の検疫を始めるとアナウンスされたが、待っても待っても誰も来ずに夜が明けた。

2月4日になって、朝の８時頃、検疫と称して耳で体温を測られたが、大した説明もなく、夜遅くまでショーもパーティーも続いた。本来なら下船するはずの日なのに。

テレビは言う。検査した31人中10人の感染が判明。

クルーズ船対応の責任者だった加藤勝信厚生労働大臣（現・内閣官房長官）が取材に応じた。国は14日間の船内隔離を決定。医療施設ではない場所での隔離を不安視する声も出たが、乗員を含め３０００人以上をただちに収容できる施設がなかったと言う。

加藤氏は「他の現実的な選択肢があったのかという事だと思います。ある意味、狭い船の中で、病院だったら動線を分けて完全に分離する事もできますけれども、あえて、その中でやらなければならない」と語った。

厚生労働省の船内対策本部の正林督章氏が、陽性が判明した10人に直接伝えた。「やはり皆さん、たいへん驚かれていました。その場でそれこそ崩れてしまうような」

どうして陽性とわかったのだろう？

2月5日、朝8時。いきなり、これより14日間、客室に留め置きとのアナウンスが流れた。そしてこの日、陽性者の最初の病院搬送が行なわれた。その人たちは、いつＰＣＲ検査を受けたのだろう。

対応は主に2つのチームで当たる事になった。ひとつは厚生労働省や保健所の職員からなる「検疫チーム」。乗客・乗員のPCR検査を行ない、陽性かどうか判定する。感染がわかると、神奈川県庁に置かれた「搬送チーム」が、各病院へ振り分ける。感染症の専門的な知識は持っていたが、想定外の連続だったという。

何故、夫は検査を受けられなかったのか

夫は3日に医務室に行ったが様子見と言われ、検査も受けられなかった。もしも、その時調べていただけていたら、結果は変わっていたかも知れない。何故、放置されたのか？

その後も夫の熱は上がり続け、何十回となく医務室に電話を掛けたのに、順番ですとか、ドクターの手が空かないとか、あらゆる言い訳を聞かされた。あれだけSOSを出し続けたのに無視をし続けた医務室のスタッフは、どういう方なのか知りたい。

テレビでは私たちと同じ頃、陽性とわかったアメリカ人女性がすぐに病院に搬送された。軽い咳と微熱だけで、特に治療もなく、酷い症状になる事もないまま終わったという。

この差は何なのか？　一体誰が、救えるかも知れない命を踏みにじったのか？

搬送のトリアージで議論があったという。カテゴリー2とカテゴリー3の優先順位で意見が分かれたという。だが混乱の最中でも、医師ならば命の危険は判断できるはずだ。明らかに高齢で、基礎疾患があり、高熱を出している夫を何故見過ごしたのか？

この「何故」に答えが出ないと、私は先に進めない。

プリンセス・クルーズについて調べていたら、IT media ビジネスオンラインに記事があった。

ダイヤモンド・プリンセスの運行会社であるプリンセス・クルーズとその親会社であるカーニバル（その日本法人がカーニバル・ジャパン）は、２０２０年2月3日時点における新型コロナウイルス対策として、「米国疾病対策予防センター（ＣＤＣ）および世界保健機関（ＷＨＯ）と連携して」いると取材に答えている。

ＣＤＣでは、クルーズ船における新型コロナウイルス対策の方針を専用のウェブページで公開しており、そこで述べている具体的な対策には次のような項目があるという。

・病気の人の上船を断る
・中国の旅行歴などＣＯＶＩＤ－19感染が疑われる船客または乗員の上船を拒否　等。

このようなCDCの方針を受けて、プリンセス・クルーズ（そして、プリンセス・クルーズが所属するすべてのクルーズ運行会社）は2月3日時点で次のような対策を実施したとされている。

・過去14日間に中国本土（湖北省を含む。ただし、香港、マカオ、台湾は除く）から、または中国本土を経由して旅行した人の上船を断る
・上船前にはすべての船客に病気、または病気の症状に対する報告を義務付け
・呼吸器症状または発熱症状がある船客には、体温チェックを含む健康診断を実施
・船内で発熱および呼吸器疾患の症状がある船客が船内メディカル・センターを訪れた場合は、全船客に対してコロナウイルスの医療スクリーニング検査を実施　等。

それならば何故、夫が医務室に行った時、検査を受けられなかったのか？

私の疑問は、深まるばかりだった。

『NHKスペシャル』の再放送を観た親戚、友人、知人が次々と電話を掛けてきてくださった。そしてまた口々に、船の対応の悪さ、トリアージのミスに腹を立て、あれでは救え

る命も救えないと怒りをあらわにした。

実際、渦中にあった私たちは、必死で無我夢中だったが、第三者の目にも、やはりおかしい対応としか映らなかったとわかる。

この日も、翌日も、翌々日も、電話やメールがたくさん入ったが、それと同時に雑多な夫の死後の手続きや事務作業も加わって、頭は混乱し続けた。

『クローズアップ現代』の取材

5月12日

17時、NHKの記者から、19日の『クローズアップ現代』に、また私を登場させたいので取材したいと電話が入る。コロナで夫を亡くして2か月、どんな日々を送っているのか。私だけでなく、別の女性も取材したと言う。

日取りを決めるのに、16日は夫の葬儀と埋葬で、前日から泊まりがけで夫の郷里に行かなければならないと言うと、彼女はその事も記事にしたいと言う。取材は14日の午後と決まる。

5月14日

取材班が、また人目につかないように一人ずつ、玄関に滑り込む。記者以外は、初めての方たち。一緒に昼食を摂りながら話すうちに打ち解けて、自然体になれる。

夫を亡くして2か月過ぎたなどとは信じられない。私の時間は止まったままだ。前向きにならなければと思うけれど、ダイヤモンド・プリンセスでの日々、別々に隔離された日々、夫のICUに通った日々、亡くなってからの日々、すべてが、ただ今現在として目の前に聳え、立ちはだかっている。

早く救急搬送してもらえなかった恨みが、鋭いトゲになって胸に突き刺さっている。このトゲが抜けない限り、前に進めそうにない。

ほぼ5時間の取材を終えて帰られた後、3時間くらい経った20時22分、記者からショートメールが入り、明日、私が出掛けるところを、わからないようにそっと撮ってもいいですか？　との問い合わせ。家の中からでは嫌だけれど、玄関を出てしまえば構わない。およその時間を知らせる。

5月15日

11時過ぎ、出掛ける時に記者に電話をする。家の側に待っていて、バス停に向かうところ、バスを待っているところ、バスの中などを、ディレクターが小型のカメラで撮っていた。

この家から夫の郷里までは３時間以上掛かる。キャスター付きのバッグを引いて、電車を乗り継いで郷里の駅に15時頃に着くと、義兄が改札口で待っていて、取りあえず、今日の宿に連れていってくださり、後で、家族と一緒に夕食を食べようと言っていただく。

嬉しかった！　ずっと家で、一人きりの食事をしていた。夫の写真が見守っているけれど、話しかけて答えるわけもない。テレビニュース以外は見たくもなくて、ボソボソと食べるのは食事とも言えない。

ホテルの部屋に落ち着き、ちょっと横になったら、１時間も眠ってしまった。芯から疲れていたのだろうか。綿のように、という言葉が本当にピッタリの眠り方だった。

夫の葬儀と涙雨

5月16日

葬儀と埋葬の日。昨日までは晴れ渡っていたのに、今日はどんよりと曇った朝。義兄が迎えに来てくださり、菩提寺に向かう。10時30分に到着。事務所でいろいろな支払いを済ませて、葬儀は立派な広い本堂。椅子が間隔を空けて置いてある。

喪主の席に、生まれて初めて座った。読経が始まってしばらくすると、雨だれが聞こえ、やはり降り始めたなと思っていたが、それが突然、猛烈な雨音に変わった。住職の声が聞こえないほどの降り方！

あぁ、夫が泣いている。これほどに激しく悔しかったのか。夫の思いをキッチリと受け止めて、記録しておかなければと、その時、胸に刻んだ。

やがて一族、といっても人数を少なくするように要請されて7人だけの焼香が終わり、住職の法話にかかる頃には、雨も小降りになり、やがて埋葬のために墓地へ向かう時には、霧雨になった。

木の墓標を、若い甥《おい》が担ぎ、お骨は義兄、写真を私が持っていく。

木の墓標というものを初めて見た。夫の戒名や亡くなった日付けが墨で書かれた、10センチ角くらいの長い柱。菩提寺では、その墓標が朽ちる頃に、石碑に戒名を刻むのだそうだ。朽ちるなんて悲しいから、早く石碑に刻んで欲しいと言ったら、それがこの辺りのしきたりで、皆がそのようにすると聞かされた。古来の風習は土地によって本当にいろいろだ。

墓地では石屋さんが濡れそぼって待っていらした。カロウトの入口をビニールで覆って。晴れていれば楽だったのにと、気の毒に思う。

カロウトの中に、夫の骨壺を前の奥様のものと並べて置いていただく。取りあえず蓋をし、明日、晴れてからセメントで隙間を塞いでくださるとの事。濡れないようにカバーをしておいた写真を飾り、皆で花と線香を手向ける。

これでやっと夫のお骨は墓に納まった。新型コロナウイルスのせいで、ここまでに長い長い時間が掛かってしまった。

墓地を後にする時、義姉が言った。「あの雨は、茂男さんの涙雨なのよ、凄く悔しかったのね」と。

精進落としというには、小人数でささやかだが、落ち着いた和食の店で偲ぶ会を催した。こぢんまりと、でも心が繋がっている温かさが身に染みる集まりだった。夫の親族の中に身を置く安堵感を、どれほど有り難く思ったか知れない。普通に会話し、普通に食事をし、普通にお酒を呑む。その普通が一番なのに、そんな日をいつ取り戻せるのだろう。

5月17日

まずは、位牌を仏壇に納める。やっと夫の居場所が定まった。だが、黒檀に刻まれた戒名を見つめても、そこに夫はいない。むしろ仏壇の横に飾った、香港のザ・ピークの手摺りの上に据えられた狛犬さん（?）に手を回して嬉しそうに笑う写真が、夫そのもの。

季節が巡って、ユスラウメがルビーのような真っ赤な実をたわわに付けた。朝毎に摘むユスラウメの愛らしい形と色を楽しみながら、一粒ずつ摘まんで食べるのが日課だった。白い器に盛って、仏壇に供えた。何でもないいつもの習慣の中にこそ、夫の不在が如実に感じられて、涙が頬を伝った。

12時2分、記者から『クローズアップ現代』が19日に放送されると知らされた。知人、友人などなどへ、見てほしいと連絡をする。ひけらかすわけではなくて、未知の怖ろしいウイルスの出現と、それに感染する事の無惨さを伝える、ひとつの歴史という思いから。

その間にも、いまだにさまざまな手続きは終わらず、市中銀行、ネット銀行を相手に、必要な書類を教わる。印鑑証明、戸籍謄本、原戸籍謄本……私には気の遠くなるような要求だ。

5月19日

11時40分、旅行会社のKさんから連絡があり、いろいろな話をする。『クローズアップ現代』も、クルーズセクションの人たち皆が見てくださると言う。顔も知らない方々が気持ちを寄せてくださる事に感謝したい。

＊＊＊＊＊＊＊＊＊＊＊＊＊＊＊＊＊＊＊＊＊＊

【『クローズアップ現代』（ＮＨＫ）２０２０年5月19日　22時より放送】

夫の死から2か月
日常を取り戻そうとする社会の中で…

家族を新型コロナウイルスで失った三人の女性が登場した。皆が家族の死を受け入れられ

ない。

自分の手で看病できず、隔離されていて看取る事もできなかった。当たり前と思っていた葬儀さえ出せなかった。その中の一人として、私も話している。

「結婚記念日を祝うためクルーズ船に乗船した。二人共に感染し、夫は緊急搬送され、闘病の末に亡くなった。隔離されて、最期の別れもガラス越し。3月22日に亡くなり、やっと5月16日に葬儀を終えた。ほぼ2か月が過ぎても、過ぎたという感覚がない。欠落した状態がいつ埋まるのかわからない」と。

遺族は感染症という事で周囲に気兼ねして、話す事もできず、閉じこもる。遺族からの問いかけにどう向き合うのか。誰もが、いつ感染するかわからない状況下で、一番大切なのは正しく怖れる事、他人事と考えずに小さな共感を寄せる事。これからウイルスと闘っていくために、人と人が協力していく事が重要な鍵になる。

＊＊＊＊＊＊＊＊＊＊＊＊＊＊＊＊＊＊＊＊＊＊＊＊＊

私にとっては、すでに本当の日常は失われて取り戻す事ができない。体験した人間にしかわからないだろう、喪失感、悲しみ、絶望を傍らに置いておいて、普通の顔をして会話を交わし、時には笑い、ふざけてみせる。だが、どう頑張っても取り残されたようなシンとした空気感の中から抜けだす事はできない。

たくさんの方が番組を見て、メールや電話をくださった。それらにまた、返信する。かなり大変な作業ではある。しかし、考えてみればＮＨＫのお陰で、たくさんの方々が連絡してくださって、私一人でポツンとしていたら、ドン底に落ちていたかも知れない精神を支え続けていただいたのだ。心から感謝している。

第4章　心の傷の癒えぬ日々

〈2020年5月25日～2021年3月22日〉

――バタバタと階段を降りてくる足音は聞かれない。
そんな時、もう二度と還ってこない日常が、胸に突き刺さる――

思いがけない手紙

5月25日

緊急事態宣言が解除された。本当に、このままコロナは収束に向かうのだろうか。ヒリヒリするような毎日を過ごしていると、にわかには穏やかな日々が訪れるとは信じられない。コロナに罹《かか》る苦しさ、残酷さを、身をもって体験した者にしかわからないだろう恐怖が、消すに消せない傷となって心に刻まれている。

キッチンの床下のパントリーに、夫の漬けたラッキョウがあった！　結婚する前、まだ私が母と二人で暮らしていた頃、自分で漬けたと言って届けてくれたラッキョウを、母は「男の味ね」と言った、その懐かしい味。

手が痛いという私のために、ハサミで大量に切ってあった干しわかめ、柚子の皮の千切りの冷凍、買い置きの幾袋もの青汁、カートンで買った鯖《さば》缶。大量のティッシュペーパー、トイレットペーパー……。

夫が揃えていた食料品、日用品の数々を見るたびに、胸が締め付けられて、いるはずの人がいない不条理にめまいがする。何故、居ないの？

5月26日

ダイヤモンド・プリンセスで、唯一、名前や住所や電話番号を交換した奥様、まりさん（仮名）から思いがけず手紙が届いた。旅行して周囲の人たちと話をしても、これまでは住所まで聞き合う事はなかった。今回、初めて、ビュッフェスタイルのホライゾン・コートでテーブルをご一緒して会話が弾み、また、同郷という共通項があって、打ち解けて互いの住所を知らせ合った。

船室留置になった時、このご夫妻の安否を気遣わない時はなかった。その方が手紙をくださった。

『ＮＨＫスペシャル』をご覧になり、思いがけず私の顔が映しだされ、夫の訃報《ふほう》を知られて、「言葉を失う程吃驚してしまいました。まさかこのような形で再会するなどと想像だにしておりませんでした。楽しかったはずのクルーズが一転してこのような悲しい結果になるとは、誰もが思いもしなかった事です。奥様と私がおしゃべりしている時、いつも御主人様はそばでニコニコしていらした事を思い出します。本当にお優しい穏やかなお人柄でしたのですね。かえすがえすも無念です」と書かれていた。

まりさんもやはり、ご夫妻ともにコロナに感染し、ご主人は群馬の病院へ、奥様は横浜の病院に搬送された由。3月中旬に退院されて2か月以上経っても、かかりつけ医から持病の処方箋をいただくだけで、買い物にも出掛けず家にこもっていらっしゃるという。

「この無念や怒り、悲しみをどこにぶつけて良いのか判りません。……そばについて、看病も励ます事もできないこの病に憎しみすら感じてしまいます」

5月27日

お香典をいただいた方々に遅ればせながら「志」を送る。やっと葬儀と埋葬を済ませて、ひと段落。今まで頭も身体も動かなかった。

5月28日

午前中に、お世話になっているご夫妻が、お花とお菓子を持って、お線香をあげに来てくださる。そのうえ午後には、ご主人が夫の車を運転して、買い物に連れていってくださった。かなり距離のある店で美味しいお味噌を買い、ガソリン・スタンドで給油する。馴染みのスタンドの主人は果樹園を持っていて、季節には栗やブドウをスタンドに置いていた。私たちはいつも利平栗を何キロも買っては栗の茶巾絞りを作ったから、その話をすると、今年は自身が病気をし、果樹園のできもサッパリだとこぼしていた。

夫の車も、私が免許を返納してしまったので、旅行に行く前からずっとエンジンを掛けていない。バッテリーが上がってしまうとのご主人の心配通り、午前中にいらした時にチェックしたら反応なしで、ドアも開かなかった。ご自分の車を持ってきてエンジンを掛けてくださり、しばらく掛けっ放しにしてからのドライブだった。ここまで面倒を見ていただいて、本当にありがたいと感謝している。

5月29日

ほぼ毎日、何かしらの書留郵便物のために郵便局に行く。友人から「郵便配達人になったの？」とからかわれるくらい。今日は書留ではないからポストに、まりさんへの返信を投函。

旅行会社にダイヤモンド・プリンセスへの請求書の件で問い合わせる。2か月も前に夫の病院での治療の際に掛かった経費を請求したものの、その後何の音沙汰もない。ダイヤモンド・プリンセスの日本の販売店カーニバル・ジャパンが、大人数の乗客の個別の審査に時間が掛かっているみたいで、まだ私の名前はリストに載っていないと教えてくださった。

6月1日

今日、気が付いた。肺炎高熱の痕が、両手の爪に横筋になって刻まれて残っている。この痕が消える頃、気持ちが落ち着くのだろうか?

6月3日

思いがけず、旅行会社のクルーズセクションの方々から、励ましの手紙をいただいた。それぞれがご自分の文章を手書きで書いてくださって、その温かさに感激する。一人で頑張っているつもりでいても、たくさんの方の支えがあってこその頑張りだと気付く。

親切と不誠実の間《はざま》で

6月11日

ダイヤモンド・プリンセスの日本代理店カーニバル・ジャパンの女性からショートメールで、6月末か7月初めに伺いたいと連絡が入った。

6月14日

ダイヤモンド・プリンセスで経験した事を記録しておこうと気になりながらも、実際は体調も優れず、夫の葬儀や、種々の名義書き換えなどの煩雑な手続きで先延ばしにしていた。多忙という言い訳は捨て去って、いよいよ少しずつタブレットに書き始める事にする。

ノートには記録しているが、細かい記憶の失せないうちに。

だが、様々の手続きや連絡事項は依然として残っているし、夫と分け合っていた生活にまつわる雑用がすべて私の肩にかぶさってくる。頭の中は混沌としている。早くタブレットに打ち込みたいと気ははやるが、なかなか手が回らずに日にちばかりが過ぎる。

6月18日

今日は少しムカムカして、気分が悪い。様々の用件で休みなく動いているせいで、疲れたのか、あるいは胃の不調か。それとも……？　まだ後遺症のことがわかっていないから、何か調子が良くないと、ついコロナに結びつけてしまう。

6月20日

午前中、私の様子を心配して、夫の友人が訪ねてくださった。

かねてから、今回の件ではお世話になりっぱなしなのが気になっていた。夫は自転車が好きで、常に二台は持っていた。時折、気が向くと、あの独特のヘルメットとウェアのいでたちで海辺の街までサイクリングし、海岸で昼寝して、リフレッシュしてご機嫌で帰ってきたり、日々の買い物にも登山用のリュックサックを背負って、自転車を使っていた。

その愛用のクロスバイク Raleigh RF-7を、夫の形見として、差し上げる事にした。スッキリとしたデザインが気に入って、海岸で撮った写真を飾ったりしていたから、少し心残りだったけれど、結婚前、ご夫妻と一緒に旅行もする仲なのだから、その方が乗ってくださるならば、きっと喜ぶだろう。

友人が帰られた後、２回ほど、酷い腹痛に見舞われ下痢をした。消化の悪い物など食べていないのに。またもや、もしかして？　の不安がよぎる。

6月26日

今日になってもカーニバル・ジャパンから連絡が入らないので、ショートメールで、いつ頃来てくださるのか問い合わせる。

返信に、「コロナの状況が、微妙すぎるので、お伺いして、失礼にならないかと、社内でも協議しておりました。来週、上席と話す予定にしており、おそらく7月中旬にはと考えております。……お待たせさせておりまして大変恐縮ですが、来週改めてご連絡させていただきます」とあった。

7月6日

午前中、カーニバル・ジャパンからのショートメールが入り、16日か17日のいずれかの日に訪問したいとの問い合わせ。そして「旅行会社の担当者の方とお話ししましたが、今回は、弊社のみで、お伺いさせていただきます。私と上席とで、お伺いさせていただく予定とさせていただきます」

私は16日に決める。

7月10日

旅行会社のTさんから電話があり、今日カーニバル・ジャパンが、夫の入院中の経費として請求していた金額を指定の銀行に振り込んだと連絡してきたので、13日月曜日に記帳してほしいとおっしゃる。そしてカーニバル・ジャパンに対し、来週きちんとしたメールを送り、私の支援をする。会話を録音しておくように、とアドバイスをくださる。先方には、「回答は後日で良いので返事を待つ」と伝えるように、とも。

本当に親身に考えてくださっている事が痛いほどにわかって、感謝するばかりだ。

7月16日

11時、カーニバル・ジャパン来訪。担当の女性と、上席の男性。ダイヤモンド・プリンセスで感じた不審な事をいろいろ尋ねたが、何も知らされていないの一点張り。各旅行会社との繋がりだけで、運航や人事、配置すべては本社に帰属し、船の中の事はわからないと言う。乗客名簿すら揃っていないとの事。今回の事例は、当局（厚労省と国交省）がすべて決定権を持っていて、情報もそこから彼等に入ってくるだけだそう。

武漢からの乗客が25日に香港で降りて、２月１日に新型コロナウイルス陽性が判明し、香港の衛生署から船の代理店に連絡したが、船会社はすぐに乗客に周知しなかった。彼等も知ったのは２日だと言う。

１日に知って、乗客にアナウンスしたのは３日！　船会社として乗客の命を守るのが当然なのに、このタイムラグ。ウイルスが拡散するままに放置した責任について尋ねたが、今回は不可抗力で、想定できない不測の事態ゆえ免責ですと繰り返すばかり。

目の前で夫の症状がどんどん悪化するのを、為す術もなく見続けるほかない精神的苦痛。

自分自身が発熱している状態で看病する肉体的苦痛。過度のストレスによる自律神経の異常。最終的に夫を失って、生活に対する不安……。

アメリカならば、即、慰謝料請求だと理解しているが、この対応は何なのか？

13人の乗客が亡くなり、712人が感染した。この事実を、どう考えるのか？

ひたすら免責と繰り返す彼等に、質問事項を用意していたのが馬鹿らしい。暖簾《のれん》に腕押しって、この事かと思えた。

あちこちに挨拶に行くが、来ないでくれと言われます、と男性の言葉。そりゃそうでしょうと、変なところで納得してしまった。

「プリンセス・クルーズを使うのは命がけなのね？」と皮肉を言うと、素直に「そうです」と答えられて、力が抜けた！

すべては当局の責任ならば、私は当局に質問をぶつけなければならないのだろうか？

夫の死から4か月近く経っていても、何故という問いかけと憤りが胸に渦巻いていて、消える気配がない。

7月18日

弁護士宅に伺う。名義変更の件で残すところは夫の車だけになった。気に入った車だったので、ラストランがしたいのですと申し上げると、気軽に、行ってくださるとおっしゃる。形見に乗りたいと言っていた夫の兄には手紙を書いてくださるとの事。

ラストランはとても嬉しいけれど、そこまで甘えるわけにはいかない。ディーラーのＹさんに手続きについて問い合わせたついでにラストランを訊くと、「近場なら自分で良ければ行きますよ」と、これまた嬉しいご返事。Ｙさんに頼もう。

７月22日

ＧｏＴｏキャンペーンなるものが始まった。景気・経済を再興させる目的だそうで、まずＧｏＴｏトラベルは旅行代金の最大50％が支援されるという。交通費も割引き、普通ならば二の足を踏むような高価なホテル代も割引きになるそうで、高級ホテルから予約が埋まっていくそうな。

スーパー・マーケットのお得な割引きとは次元の違う、可愛げのない割引きとでも言おうか、何となく違和感が付きまとう。支援のお金は、勿論、税金？

新型コロナウイルスの感染が終息しているわけではないのだから、旅行者がウイルスを各地にばら撒いてしまいそうで恐ろしい。充分な対策が取られると聞いても不安が拭えない。何しろ相手は目で確認できないウイルスなのだから。ハエや蚊《か》のように叩《たた》き落とせるものならば、私たち夫婦も感染しないで済んだだろう。

朝日新聞社からの取材

7月29日

朝日新聞社から取材の打診。もちろん受けない理由はない。

7月31日

14時に朝日新聞社の記者がみえる。いろいろと話が尽きず、カメラマンを連れてくれば良かったとおっしゃりながら、何枚も写真を撮って、結局、帰られたのは19時を過ぎてからになっていた。

参考のために『ニュースウォッチ9』と、『NHKスペシャル』のDVDをお貸しする。

「ばあさんの話だから、30分も聞けば良いと思ったのでしょう?」と尋ねると、ケレン味もなく「そうです」と答えられたのが可笑しかった。

8月1日

10時頃、クマゼミの鳴き声に気付く。今年は早い。
ディーラーのYさんからの電話で、車の名義変更に陸運局へ21日に行くとの事。ならば、その日に家に来て、私を拾ってほしい。夫の車で、今までそうしたように二人でよく足を運んだ神社にお詣りして、側にあるお茶屋さんでお昼を一緒に食べてほしいと言うと、快く承諾してくださった。

8月2日

義兄から大きな桃が届いた。宛名欄に多岐沢茂男の名前を見た途端に、と胸を突かれ、思わず涙がこぼれた。
いまだに、夫の死を受け入れられない。言葉を交わす事も、手ずから看病して身体に触れる事もできず、すでに亡くなった夫とガラス越しに別れた悲しさが、喉元に居座っている。話したかった事、問いかけたかった事のすべてが、宙ぶらりんになって漂っている。記憶の中で、夫は笑い、語る。温もりも、手触りも確かに遺しているのに、其処に、居ない。

8月4日

朝日新聞の記者から、何回も確認の電話が掛かる。夫の体温や、対応の事で。私も「何故」の答えが欲しいのよ、と告げた。

8月5日

朝刊に、私の記事が載った。

【朝日新聞　朝刊　社会面　2020年8月5日　掲載】

＊＊＊＊＊＊＊＊＊＊＊＊＊＊＊＊＊＊＊＊＊＊＊＊＊＊＊＊＊＊＊＊＊＊

「なぜ彼が」納得できず半年
クルーズ船乗船　夫亡くした女性

ダイヤモンド・プリンセスの船内で新型コロナウイルスの集団感染判明から5日で半年たった。夫婦で感染し、夫を亡くした女性が、朝日新聞の取材に応じた。「なぜ彼が死ななければならなかったのか」「船にさえ乗らなければ」。時がたっても、納得のいく答えは得られていない。

女性は声を詰まらせる。「私たちは実験台にされたんだと思う。どうして感染が拡大する船内にとめおかれたのか」

運行会社にも政府にも、想定外の事態だった事は理解している。それでも対応の遅れは間違いない。「もっと早く搬送してくれたら、結果は違ったかも知れない。なぜ、という思いがぬぐいきれない」

＊＊＊＊＊＊＊＊＊＊＊＊＊＊＊＊＊＊＊＊＊＊＊＊＊＊＊＊＊

新聞にはダイヤモンド・プリンセスの船内で、結婚記念日を祝う私たち夫婦の写真も掲載されている。

朝から、電話やメールがひっきりなしに入る。書かれた文章は、何回でも読み返せるから、しっかり理解できると、皆が喜んで、そして再度、憤慨してくださった。

これだけ気に掛けてくださる方があるのは、本当に有り難い事と思う。

新盆

8月7日

今日は菩提寺で、新盆の精霊掛軸供養会が10時30分から執り行なわれる。ここから遠いので、義兄が代わりに行ってくださるとの事なので、お言葉に甘えた。

数日後の旧盆には、私がお精霊様を迎えに行かなければならない。暑い中を申し訳なくて、午後、ご無事だったか電話を掛ける。

8月8日

８月５日付の朝日新聞を３部、取材した記者が速達で送ってくださった。お礼のショートメールを送る。

8月11日

お盆を迎えるにあたって、仏壇を綺麗に浄め、大内行灯を出したり、お飾りの仕度の買い物に行く。あまりの暑さに、身体が付いていけない感じがする。気持ちが折れそう。

8月12日

菩提寺へ。義兄が駅まで迎えに来てくださった。遠くから見ると、姿形が夫そっくり。血は争えないと言うけれど、本心、ギクッとするほどだった。

お墓には陽が強く照りつけていて、アッという間に汗みずくになる。義兄と義姉がお花を用意してくださってあったので、手早くお参りを済ませる事ができた。有り難いなぁ～と感謝の気持ちで一杯だ。

昼食に、義兄の高校時代の友だちのお店を予約してくださっていた。夫も郷里を離れなければ、幼馴染みに囲まれて、別の生き方もあったろうにと、ふと、思った。

今日中に迎え火を焚《た》きたくて、義兄のお宅には寄らずに急いで帰る。帰りは3時間以上も掛かった。

まだ明るいうちに帰宅できて、すぐさま迎え火を焚き、お精霊様の道中の渇きを癒やしていただくようにと、お水やお茶を供える。お菓子、果物、野菜を、溢れそうなくらいいろいろと盛り、ロウソクに火を灯し、お線香をあげる。

子供の頃から、母や曾祖母に教えられたように、お盆のしきたりを繰り返してきた。でも、子供のない私は、もうそれを伝える事はない。淋しさがよぎる。

今日からお盆が明けて送り火を焚く16日まで、お精霊様のお世話に明け暮れる。

8月15日

夫と中学、高校時代で一緒だったという友人が電話をくださった。何もご存じなくて、たまたまのご機嫌伺いだったのに、亡くなった事を伝えると、本当にビックリなさって、しばらくは「シゲちゃんが、シゲちゃんが」と繰り返して泣いていらした。私も涙が止まらず、でも、そんな風に悲しんでくださる友人があって本当に良かった。お盆の引き合わせ。

8月16日

お精霊様のお帰りには、道中の食べ物に、お赤飯と梅干し。そのほか飾った物とは別に、お菓子や果物など供えて、お経を上げてから送り火を焚く。

芋殻を焚いて、煙の立っている間に、その上を３回跨《また》ぐと、下の世話にならないと言い伝えられていて、夫は神妙に跨いでいたっけ。

一つひとつ、折々の行事を済ませながら、去年は夫と一緒にしたという感慨で胸が重くなる。そのようにして、亡くなった人と別れていくのかなぁと思う。

8月19日

謡の先輩からクッキーが届く。何かしらと思いながら、お礼の電話をお掛けする。初めは去年の台風被害への、お仲間皆と差し上げたお見舞いのお礼をおっしゃっていたが、本当は、夫を亡くした事を人伝てに聞かれての、私への慰めだった。

思いがけない方からの、思いがけない慰めに胸が熱くなった。ご自分もお一人になられていて、夫を亡くした人にしかわからない事があるから、いつでも話し相手になると言ってくださった。心を寄せていただくと、本当に元気になれる。

8月21日

11時にディーラーのYさんが迎えに来てくださった。

夫のレガシィに乗り換えて、まずは、いつものように神社近くのお茶屋に向かう。昼食の時間には早かったので、すぐに席に通された。そして、いつものように海老天重と冷たい蕎麦《そば》のセットを注文する。ゆっくりと食事を済ませ、本命の神社にお参りする。

厳かで品があり、立派な神社には、結婚してから7年の間に、多分30回以上は詣でたと思う。四季折々に見せる表情の豊かさに、魅せられてきた。お祓《はら》いをしていただいた事もあるし、本殿の奥にある庭園も散策した。思い出の詰まった神社だ。

家から車なら30分もしないで着けるが、バスや電車を乗り継いだら、恐ろしく時間が掛かりそう。もう、あまり来る事がないだろうと、少し感傷的になった。

Yさんが運転して陸運局に行く。ディーラーだけあって、運転が超上手い。

暑いから車の中で待っていてくださいと言われて、手続きが済むまでエアコンの効いた車内で、彼がよく聴くという音楽をスマホで聴いていた。孫のような若者の聴く音楽は、子供のいない私には新鮮で楽しい。

家に着くまで、あちこちにドライブした話をする。雪が降りしきる、白銀の箱根の厳しくも幻想的な美しさ。千里浜の、海と一体になったようなドライブ……。期せずして、同じ感動をした事がわかると、年齢のはるかな開きも気にならず、親近感が生まれて、また機会があったら運転してくださると言う。楽しみ。

名義変更が終わった旨を、義姉に報告する。

8月27日

ずっと睡眠障害が続いている。かかりつけのクリニックの医師に相談すると、前から服んでいた睡眠薬を毎晩服んで、睡眠のリズムを作ってみたらどうか、とアドバイスしてくださった。今夜から試してみよう。

8月29日

朝、義姉から電話があり、8月31日にレガシィを引き取りに来られるという。初めての車を長い距離運転するのは危ないからと、一緒に来てくれる娘婿《むすめむこ》の勤務の関係で、その日しかないそう。

夕方、ディーラーから電話で、ヘッドライトに問題があり、リコールが掛かっているという。Yさんに、31日にレガシィを渡すと伝えると、ドライブが楽しかったので、もう一度チャンスがあるかと思ったのに残念です、と、本当にガッカリした様子だった。私も気楽なドライブを逃して残念だ。

8月31日

お昼過ぎに義兄夫婦とその娘夫婦の4人が到着。書類を調べてから、昼食に、例の神社近くのお茶屋に行こうという事になった。義兄もずいぶん昔、夫の車（その頃はボルボのステーションワゴンだったが）を借りて神社に行ったと言われる。もうすっかり忘れちゃったから、また行きたい、と。

５人でレガシィに乗って、10日前に行った神社へ向かう。よく晴れて暑い日だったのに、途中から急に暗くなって雨が降り始めた。お茶屋に着いても車から降りられないほどの土砂降りで、しばらく車に閉じ込められてしまった。

やがて店の人が気付いて、傘を持って迎えに出てくださったが、あの雨は何だったのだろう。葬儀の日の雨が思い出されてしまった。

５人で食事をとり終える頃には雨が上がって、今度は強い日差しが照りつけてきた。むっとする熱気の中を、水溜りを避けながら、参拝する。

こんな天気は初めての事だ。暑さに弱く、少々身体も参っている私には、きつかったが、この経験も最後と思えば、大切なひと時だ。

帰路に掛かる時間を考えて、帰宅早々、スタッドレスタイヤとか、その他夫のアウトドア用品とかを積み込んで、４人が車２台で帰られたのは夕方の４時頃か。車のなくなった駐車場は、コンクリートが陽に当たって白く輝いて、かえって、もぬけの殻の侘しさを感じさせる。こんな風景にも、いつか慣れるのかしら。

車を渡すまではと、張り詰めていた気持ちが緩んだのかも知れない。陽が傾いて暗くなっていく部屋で、何もする気になれず、呆《ほう》けたように腰かけていた。

初彼岸

9月3日

ご近所の方との立ち話に、夫が大きな音で演歌を聴いていたのが、ある時からクラシックに変わって、ハハンと思った、とおっしゃった。グレン・グールドのバッハは、無理した付け焼き刃だったのかしら？　でも、結婚した時、互いに同じCDを何枚か持っていて、クラシック（グレン・グールドもその中の一枚）もあれば、美空ひばりもあったっけ。二人とも、フィーリングに合う曲ならば、ジャンルにこだわらないほうだ。

9月5日

テレビが『武漢市の今』を放送していた。武漢とかコロナとかクルーズとかいう言葉に、過剰なほど敏感になっている。

クルーズで出会ったまりさんからメールをいただく。暑さのお見舞い、後遺症の事、カーニバル・ジャパンの件、一人になった寂しさへのいたわり。互いに、お会いしたいと言いながら、状況が良くならずに果たせない事。まりさんからのメールが嬉しくて、お声が聞きたくなり電話をお掛けした。お互いにダイヤモンド・プリンセスでコロナに感染した共通項の他にも、何故か似ている点がたくさんあって、昔からのお付き合いのような気がしている。

まだ9月だというのに、リビングの前に植えてある椿〝荒獅子〟が一輪咲いた。例年真冬に咲く花が、この暑さの中で花開き、他の蕾もふくらみ始めている。側の酔芙蓉《すいふよう》が今を盛りと咲いているのに、不思議な景色。自然までもが狂っている。

9月16日

朝から喉に違和感がある。強い疲労感とふらつきもある。どうしたのかと、恐怖を感じる。新型コロナウイルス？

この秋の彼岸は、夫の初彼岸。お墓参りに行くつもりなのに、この不調。なるべく身体を休めるが、夜には身体中が痛くて鎮痛剤を服んで眠った。

9月21日

一人でひっそりとお参りすればいいと出掛けようとしたら、リビングに置いてある蘭の植木鉢をひっくり返してしまった。慌てて掃除して駅までは行ったが、もう11時過ぎで遅すぎる。仕方なく、おはぎを買って帰宅したが、疲労困憊《こんぱい》。

明日は、彼岸の中日。切羽詰まって、義兄に電話を掛ける。義兄の明るい声に救われて、明日の11時までには行く約束をした。

9月22日

8時過ぎに家を出て電車を乗り継ぎ、11時に菩提寺のある駅に着いた。

義兄夫婦、先日もレガシィを受け取りに来てくださった娘さんと私の4人で、お墓参りをする。

お昼には、馴染みのレストランに連れていってくださった。一人ではない食事が嬉しい。

初彼岸も無事に終えて、取りあえず肩の荷が下りた気がした。几帳面過ぎるのも辛いかも知れない。もう少しリラックスして暮らしたい。

9月27日

テレビで6年前の御嶽山《おんたけさん》噴火を放映していた。あの日、あの時、私たちは下呂《げろ》温泉で催される薪能を観るために、買ったばかりのレガシィを走らせていた。雲ひとつない見事な晴天だった。

謡の先輩に勧められて、由緒ある宿も食事も温泉も魅力だった。風向きのせいで、噴煙は下呂温泉には流れてこず、宿の方たちさえ噴火を知らなかった。一方では悲惨な事が起こっているのに、もう一方では楽しみに興じている。

今、ダイヤモンド・プリンセスを経験した私は、「明暗を分ける」皮肉を痛いほどに感じてしまう。

10月10日

昼過ぎ、喪中葉書の印刷を頼みに行く。

たったひとりの冬支度

10月19日

明日は夫の誕生日。

家中を掃除する。ホコリなど気にしない人で、放っておけばホコリが丸まるから、それを捨てればいいなどと言っていた割に、テーブルの上をしつこく拭いたりしていた。普段しない仏壇の裏だの、冷蔵庫の上や裏を綺麗にした。

夫は糖尿の気があったのに、甘いものが大好きだった。何が糖質になるかをよく理解していなくて、注意されるのを嫌がった。

血糖値を自分で測るキットを買い込み、指先から一滴の血液を採って調べていたが、短い針を指した痕にバンドエイドをしっかり貼っているのが可笑しくて、笑ってしまった。ズボラな割に神経質なところもあったなぁと思い出す。

亡くなった今は、もう好きなだけ甘いものを供えられる。明日、買ってきて、お供えしよう。

10月20日

お誕生日。ささやかに手料理を供え、そしてケーキとコーヒー、最中と抹茶！　そこに居るように写真に話しかけて、笑う姿を見たら、ひとは私が変になったかと思っただろう。

10月22日

頼んでおいた喪中葉書ができ上がった。どうしたのか右肩が、まるで五十肩のように痛む。とても宛名を書くどころではなく、身体を休める事にした。

10月27日

喪中葉書の宛名を書き始める。11月半ばには届かないと、年賀状を用意なさる方々にご迷惑をお掛けする。早めに印刷を頼む時、何枚必要かを決めるのも苦労した。

結婚して、やっと7年。この間に共通の知人もできたから、その方たちの住所はわかるが、そのほかの学生時代の友人、会社に勤めていた時の上司や同僚、同好会の方々など、知らない方ばかり。今年受け取った年賀状と、夫の住所録と、スマホの電話帳。そこから、おおよその関係をグループ分けして、枚数を決めた。

毎年、夫と年賀状をどんな絵柄にするか楽しく迷い、パソコンでのプリントに苦労したのを思い出す。早めに用意しても、いろいろな用事が入って、元日の配達に間に合う日すれすれで投函していた。今回は呑気な事を言っていられない。一つの区切りとしての葉書。昨年の年末以来、手にとっていない万年筆で書き始めた。

朝晩めっきり冷え込むようになり、湿度も下がって、冬仕度を始めた。加湿器を用意し、羽毛布団を厚い冬用に替え、今まで使っていたものに陽を当ててしまう。そのついでに、夫がいた時からの懸案だった、ベッドに替えて不要になった敷布団を粗大ゴミで出す手続きを市役所に問い合わせる。こんな物ならば捨てられるけれど、夫の物は、まだ何一つ捨てられない。

10月28日

5月末頃だったか。目覚めた時に、何気なしに頭のてっぺんをポンポンと叩いたら、髪よりも地肌に直接触れた気がしてギョッとした。ショートヘアだし白髪も増えていて、枕に付く抜け毛が目立たなかったのか。煩雑な用事が多く、辛い日々で、髪どころではなかったとはいえ、高齢でも私だって女性。とても気になってシャンプーを変えたり育毛剤に手を出したりしたが代わり映えしない。

まだ新型コロナウイルスの後遺症が取り沙汰されていない頃で、人に言っても加齢で片付けられるのがオチと黙っていたが……。

今日、美容室へ行ったら、普段は毛の量など話題にしない美容師さんに、よい育毛剤があるからサンプルをあげると言われてしまった。やっぱりね！

どこまで新型コロナウイルスは人を傷つけるのだろう。

11月8日

ほとんど毎日、ダイヤモンド・プリンセス以来の出来事を少しずつタブレットに記録しているが、日常の仕事も忙しい。つまり、夫と分け合った家事を一人でこなすのに追われている。粗大ゴミに出す布団を畳んで、紐《ひも》を掛け、ゴミの証書を買ってきて貼り付けた。

今までなら、こんな仕事は彼がしてくれたのに……。この地区の収集は月曜日なので、明日の早朝に玄関先に出せるように、階下に運んだ。

根昆布を煮たり、乾燥ワカメを使いやすくカットしたり、林檎《りんご》の甘煮を作ったり。こまごまと身体を動かす。

11月12日

書き終えた喪中葉書を最終チェック。投函。

11月13日

喪中葉書を出してすぐに、たくさんの方々から連絡をいただくとは思っていなかった。
夕方、私もお会いした事のある夫の大学時代の友人が電話をくださった。夫の事は、浪人時代のお仲間の一人から聞き知っていらして、昔の話だが、夫を含めたその3人でクルーズに行きたいねと言っていたと語られた。夫の郷里の近くに住んでいるので、私がお墓参りに来たら、出ていきますよと言ってくださる。
夜には、高校時代の友人、会社員時代の同僚や、上司だった女性から電話をいただいた。その女性は、夫が女性の間で人気があったのよ！　と、懐かしんでいらっしゃった。女性に人気があって良かった！

11月16日

庭の渋柿が良い色になった。このまま熟柿にするのは勿体ないと、夫の真似をして吊るし柿にしてみた。今までは何十個も、夫が夜なべして作っていたけれど、今年は植木屋さんにスッパリと枝をはらっていただいたので、実は少ない。上手くいくかしら。

11月18日

朝、夫が所属して私も家族会員になっているＮＰＯ法人で、自然保護や青少年の人格形成に寄与する活動をしている会の代表者の方から電話を受ける。喪中葉書を受け取る前は、配慮して、そっとしておいてくださった由。

テレビでの言葉や、ウェブに載った話だけでは言い尽くせていない事。胸の内にわだかまりがあるのではないかと言われ、文章にすれば、ご自分のフェイスブックに載せてくださるとおっしゃる。公共放送では流せない私の苛立ちをぶつける機会と思って、お願いする事に決めた。

11月21日

前日、夫が二度目に勤めさせていただいた会社の会長さんからお香典が届き、お昼前に電話する。結婚した時に一度お目に掛かっているので、お礼の言葉とそのほか種々の話をさせていただく。社員の方が気付いて、NHKのウェブをプリントして配ったから、皆様がご存じとおっしゃる。人気のある人だったと夫を評してくださったのが、とても嬉しく、胸が熱くなった。

夫にとってもその勤め先は恵まれた職場だったと、何度も思い出話を聞いていたので、会社の場所も知らないくせに親しい気持ちになってしまう。

11月27日

大分にお住まいの、夫の会社員時代の同僚の方からお香典が届いた。

電話をすると奥様がお出になった。何もご存じなかったので、できるだけ平静に、淡々と話したつもりだったが、途中から奥様が電話口ですすり泣きを始めてしまわれ、私もまた落ち着きをなくした。我が事のように思ってくださる優しさに、心から感謝したい。

大学時代の夫の友人、私の中学、高校時代の友人からも私を案じる手紙をいただいた。

12月1日

あちこちに掛けたり、置いたりしている時計が４つ、一斉に止まってしまった。時計だけでなく、すべてをリセットする時なのかも知れないと感じる。それぞれに電池を入れ替えるが、電波時計だけはすぐには調整できない事を初めて知った。

まだまだ初めての事が、次々に起こるのだろう。それらに備えて、覚悟を決めよう。とにかく逃げない事。及び腰でもいいから、向かって行く事。初めてを楽しむ事。

今日は風もなく、穏やかな晴天。庭仕事にはうってつけ。今より体力が衰えたらできない事はしておかなければ。植木屋さんに頼みたいが、半端仕事は自分で楽しみながらと思う。気になっていたフェンス際の金糸梅を抜いて捨て、白花のツツジを移植すると決めたが、ツツジを抜くのが本当に重労働だった。夫に頼んでいたが、実現する前に居なくなってしまったから、その間にも根がはびこって、大きなスコップの操作に難儀する。途中で放り出すわけにもいかず、汗だくで抜いて、ここと思う場所に植えた。なかなかスッキリして、思い通りになって満足。

12月6日

脚立を持ちだして、たわわに実った花柚子をもぎ、100個かそれ以上、2袋に分け入れて近所の方に押し付けてしまった。去年はジャムにしたと言われたが、お風呂に入れても、料理に使っても便利だから。私だけでは消費量は限られているので、来年はあまり実を付けさせないようにしなければと思う。

夫は実のなる木が好きで、柚子、金柑《きんかん》、柿、ユスラウメがある。金柑やユスラウメは、そのまま食べられるから良いけれど、柿は渋柿だし、柚子は花柚子で実がなり過ぎる。夫は渋柿を丹念に剝《む》いて吊るしては陽に当てて、様子を見ると言っては試食して、本当にでき上がる頃には随分と数が減っていたものだ。柚子も皮を細切りにしてヨーグルトに混ぜるのが美味しいと、たくさん冷凍していた。ジャムも作ったし、ジュースも冷凍にした。二人での作業は捗《はかど》って楽しかったが、もうそれほど必要もない。一人の生活に見合った量を覚えるのも、これからの課題。

12月8日

柚子の木に括り付けた餌皿に米粒を入れておいたら、スズメがまた来てくれるようになった。

一人の暮らしに、生き物の気配がないのは寂しすぎる。といって犬や猫を飼えば行動が束縛されるし、私に何かあったら他に面倒を見る人がなくて可哀想。野生の鳥に少しだけ食糧を提供して楽しむのが一番という気がする。

メジロは呼ばなくても庭の花の蜜を吸いに来る。椿の花弁に付けられた爪痕を見ると、あ～ぁ、と思うが、ヒヨドリは憎らしくも蜜だけでなく花弁まで食べてしまうし、センリョウの実も、熟した金柑も被害に遭う。シジュウカラは虫を食べてくれるし、たまに姿を見せるコゲラだかコアカゲラ、ツグミなどなど、住宅街でも、目を楽しませてくれる。

夫が通った高校の同窓会報が届いたので、亡くなった事をメールした。楽しかった思い出がたくさんあるようだったから、知っておいていただきたかった。

12月15日

ニュースで、ホテルで療養中の横浜の50代の男性が、11日午前、酸素濃度が低いが経過観察中、連絡が取れなくなって4時間後に心肺停止で見つかったと報じていた。急激な悪化が叫ばれているのに。黒岩知事が陳謝していたが、気の毒な事だ。やはり他人事の意識は変わらないのか。

12月20日

ベッドのマットレスをやっとの思いで裏返した。物凄い重さで、いつも夫がしてくれたけれど、これからは自分で頑張るほかない。定期的に天地を変えたり、表裏を返せと家具屋さんに言われた通りにしていたが、いつまで続けられるか。

12月21日

今日は冬至。今までの人生で、毎年ずっと欠かさず柚子湯に入ってきた。夫がいた時は勿論、庭の柚子を１００個以上も入れて、豪勢なお風呂を賑やかに楽しんだ。今年も柚子をもいで、お風呂に浮かべた。柚子の香りに包まれて、たくさんの思い出が蘇《よみがえ》る。
お正月から大晦日《おおみそか》までの、さまざまな風習、しきたりを母や曾祖母に教わっていたから、それを再現すると、夫はとても喜んだものだ。これからは、どうしよう？

12月28日

私の大学時代の友人が、スーザン・バーレイ作・絵の『わすれられないおくりもの』という絵本を贈ってくださった。年老いたアナグマがキツネやカエルなどなどに、たくさんの事を教えて亡くなってしまう。皆はとても悲しむが、冬が去り、春になる頃、アナグマの残してくれたものの豊かさで悲しみも消え、楽しい思い出を話す事ができるようになった。

12月30日

月日が経てば、私の悲しみも昇華していくのだろうか。

ずっと支えてくださった方々何人かへ、お礼のメールを送信する。

12月31日

結婚前に住んでいた町では、あちこちから除夜の鐘が聞こえてきて、年が改まる実感があったが、今の家からは何も聞こえない。一年を慌ただしく過ごして、漫然と夜が更けて元日になる侘しさに、いまだに慣れずにいる。

新しい年に……

2021年1月1日

窓のシャッターを開け、お日様に向かって「新年　おめでとうございます」と声に出して言った。年神様のために、せめてお雑煮だけは祝わなければと、昨夜、濃い出汁《だし》を取っておいた。いつも元日は夫の、関東風澄まし汁に鶏肉や野菜をいろいろ入れたお雑煮。二日は私の実家の関西風で、西京味噌の汁に湯がいた大根と餅を入れて、浅草海苔《のり》を上に散らす、ごくシンプルなお雑煮にしていた。

いつものようにお茶とお水、それにお雑煮を添えて仏壇に供え、ロウソクを灯し、線香を立てる。結婚した日からずっと欠かした事のない日課だが、去年の２月28日以来、声に出してお経を上げている。夫がいる時は声を出さずに口の中でブツブツ唱えるだけだったが、今は大きな声を張りあげる。夫が仏様の間で少しでも良い位置にいられますように、と。

私の友人が贈ってくださったお節料理はとても上等なうえ綺麗で美味しかった。

でも、ポツンと一人で、これから何回の正月を祝うのかと考えると、寂しさが込み上げてきて、軽い吐き気のような、胸が虚ろな感じが付きまとう。ボンヤリしながら後片付けをしていたら、急須を割ってしまった。

外は晴れ渡っている。テレビは面白くない。一人暮らしをしている友人３人に、片端から電話を掛けて一日を終えた。

１月４日

お節料理のお礼のメールを送信。すぐに返信あり。こうしてメールででも繋がっていると思えると気持ちが落ち着く。

夕食の支度をしていた時、スープ皿を湯で温めていたのに、ウッカリその上にスープを注いでしまった！　よほどボンヤリしていると、自分を叱る。何だかジワジワとボケが忍び寄ってきたような気がして怖くなって、気持ちを引き締める。

1月6日

NHKの夕方のニュースを見ていて、いつも不安を感じるマウスシールドを検証してほしいとコールセンターに電話を掛けた。以前、スーパーコンピューター富岳《ふがく》が検証したのを画面で見て知ってはいたが、一般のニュースでも感染予防の効果なしと、声を上げてほしかった。国会議員の中にもマウスシールドをつけた人がいて、危うい気がしていたから。

こういう事は以前の私なら絶対と言って良いくらい、しなかった事だ。

夜、明日の七草粥《がゆ》のために野菜を茹でた。茹で終えた汁に、手の指先を浸けてから、その茹で汁をお風呂に入れる。何のためだか忘れてしまったけれど、実家では昔からそうしていた。茹でた七草は、まな板の上でざっと刻んでから、包丁で叩く。その側で、擂《す》り粉木と火箸を併せ持って、お囃子《はやし》のように調子を合わせて、まな板を叩く。

「七草なずな　唐土《とうど》の鳥が　日本の土地へ　渡らぬ先に　七草なずな　トントンカラリ　トンカラリ」と唱えながら細かくなるまで叩いたら、「七難即滅　七福即生」と繰り返す。

母と暮らしていた時は、母が包丁、私がお囃子。結婚してからは、夫にお囃子を教えた。どこにも聞こえないのに、毎年、夫は恥ずかしがって小さな声で唱えていたのが可笑しかった。

今年は私一人。包丁と擂り粉木と火箸を持って、シッカリと声を張りあげた。

1月7日

朝、お粥を多めに作る。昨夜の七草を混ぜて食べ終えてから、残したお粥を器に入れて戸外に出る。すべての庭木の木のまたに、少しずつ七草粥を乗せて、今年の豊穣を願う。

これで、我が家の七草が終了。

1月8日

やっと、緊急事態宣言が出された。もっとも１都３県限定。遅きに失する感。

テレビを見ていて、トイレットペーパー買い占めをストップさせた台湾のオードリー・タンIT相の言葉、「みんなお尻は一つだけ」に嬉しくなった。政治家がゆとりを持って、ユーモアを交えた発言をすれば、国民の苛立ちも解消するだろう。もっとも、それには余程の明晰な頭脳と敏腕さが要求されるけれどね。

1月18日

夫の友人が手紙と、学生時代から交流を続けてきた気の合った仲間たちとの写真を送ってくださった。大学生の頃 before と、卒業45年のホームカミングデーの時 after の写真。鉛筆で書かれたそれぞれの名前と before と after には思わず笑ってしまった。

若々しい青年たちの変貌振りに感心しながら、思い出す。大学2年生の夏休みだったか。その頃付き合っていた人の、浪人時代の仲良し3人組が旅行に行くというので、お餞別《せんべつ》を持っていった時、初めて茂男と顔を合わせ「こんにちは」のたった一言を交わした事を。

その後、一度も顔を合わす事もなく、40数年後に、その友人の勧めで再会した事を。電話を受け、待ち合わせ場所を決めて出掛けたものの、一度しか顔を見ていない人を見分けられるか覚束なかったけれど、杞憂だった。互いにすぐにわかって、打ち解けて食事を楽しんだ事を。２０１０年1月25日。夫65歳、私64歳。思えば本当に不思議な縁だった。
夕方、まりさんに電話をお掛けする。1月20日が間近になり、気持ちが波立つ。去年の今頃、ダイヤモンド・プリンセスに乗るとワクワクしていた事、その後の思わぬ展開に心身共に傷つき、ずっと心が休まらない事。互いに辛い思いを強いられた事。経験しなかった人には決して理解できないだろう様々な気持ちの機微が、たちどころに伝わる安心感。まりさんに出会えた事を心底、幸せと思う。

1月23日

今までそのままにしてあった旅行の写真をプリントし始めた。
最後のフォーマルの夜、2月2日、まりさんと私をスマホで夫が撮った。プリンターの調子が悪くて、一度メールで送ったが、調子が直り、プリントアウトして送る。ご機嫌な笑顔の二人。すでにコロナに感染していたはず。

2月2日

今日は１８９７年（明治30年）以来、１２４年振りの2月2日の節分だという。半紙に受けた煎り大豆を、昔から使ってきた五合枡に入れて、まずは仏壇に供えた。去年は船上でできなかった豆まきを今年は一人でする。午前中の、気持ち良い空気の中で「鬼は外～～福は内～～」と叫ぶ。いつも夫は大きな声を出せなくて、私の背後で小声で「鬼は外～福は内～」と言っていたっけ。

半紙に数え年より一粒余計に豆を取り分け、ポリポリ食べながら、塩昆布と梅干しを入れた焙《ほう》じ茶を飲む。「子供の頃は、豆が少ないのがつまらなかったけど、年取ってからは、少ないほうが良いわね～」と、二人で毎年言っていたのに……。そんな事を考えながら、一人で元気に暮らせますように、心を凍らせないように、温かい豊かな感情を磨き続けられますように、と祈っていた。

2月3日

今日が春分の日。耳がワーンとして、お経を上げると、低い音が聞こえる。耳鼻科に行くより、夫が唱和してくれていると思う事にした。

去年の28日、私が帰宅するまで蕾のままで待っていてくれた蘭が、早くも咲き始めた。

40日以上も水ももらわず、シャッターを閉めたリビングルームの暗がりの中で、階段途中の明かり採りの窓からの光に向かって静かに花枝を伸ばしていた蘭。愛しい。

数日来、不眠が続く。

2月21日

昼食は何にしようかなと考えながら、庭の花の様子を見ていたら、裏手の狭い場所にフキノトウが幾つも顔を出していた。早春の季節の味を楽しもう。フキノトウと、アシタバを摘み、新玉ネギも加えて、お精進の天ぷらにした。

夫は天ぷらが大好きだった。とりわけ季節の味、山ウドやフキノトウなど私が揚げるのを、側に立って待ち遠しそうに見ながら、ちょっとつまんだりして……。いつも山盛りの野菜やエビをサクサクと本当に美味しそうに食べてくれたっけ。大きな口を開けてパクつく様子は小気味よくて、食べっぷりの良い人だった。

そういえば夫は揚げ物に目がなかった。トンカツ、唐揚げ、そして天ぷら。レンジフードが汚れちゃうなぁ～と思いながらも、割に気軽にリクエストに応じていた。

普段、家にいる時、夫は2階の部屋で音楽を聴きながら、何をしているのか、多分パソコンだの読書だので楽しんでいたと思うけれど、食事の用意ができて、私が2階に向かって「ジョ～ン！　ご飯よ～！」と叫ぶと、すぐさま「おぉ～」とか言いながら階段を駆け降りてきた。

そして、ジョンなんて余所の人が聞いたら、多岐沢さん犬を飼い始めたのかと思うかもな、とか言って戯れて笑い合った。

やめておけば良いのに、今でもたまに2階に向かって叫んでみる。「ジョ～ン！　ご飯よ～」

でも、もう、待ちかねたようにバタバタと階段を降りてくる足音は聞かれない。そんな時、もう二度と還ってこない日常が、胸に突き刺さる。

2月22日

リビングにお内裏様を飾ったついでに、お雛《ひな》様の掛け軸を掛けた。和室のない家に、大幅の掛け軸が掛けられるように、ちょっと工夫して壁面を作った。普段は、夫が買い集めた、その年の干支の掛け軸を掛けているが、たまに季節に合わせた古い軸を掛ける。相変わらず心は沈みがちだが、少し雰囲気を変えてみた。

しばらくサボっていた玄関の掃除をする。水で流すとスッキリして気持ちが改まるようだ。

あれから…1年の歳月

2月24日

まりさんから写メールでお庭の豊後梅、フキノトウ、小松菜、その他の映像が届く。私も福寿草、黄梅を写メールする。新型コロナウイルスに罹患《りかん》してから丸一年、あまり季節を感じないままに過ごしてきたけれど、確かに春の到来。新しい芽吹きの季節だ。

2月25日

昨夜は目のかゆみとクシャミが酷くて、ほとんど眠れなかった。花粉症との付き合いは、もう40年以上。いろいろな薬を試した挙句に辿り着いた点鼻薬を、花粉が飛び始める前から使い始めれば、酷くならずに済んでいたのに、どうしたのか戸惑ってしまう。

去年は病院に隔離されていたし、3月に入っても、自宅と夫の病院にドア・トゥ・ドアで、あんまり外気に曝《さら》されなかったし、緊張の連続で花粉症も遠慮したのかも知れない。以前なら、徒歩10分くらいにある耳鼻科の予約票を夫が気軽にもらってきて、その時間に合わせてクリニックに行けば良かったし、車を出してもくれたので、とても楽だったが、もう叶わぬ事。これからは病院通いも、バスや電車を乗り継いでいく事になるなぁ～と、げんなりしていると、友だちから電話が掛かったが、私の不機嫌な声が伝わったらしく、早々に切られてしまった！

一周忌の法要のための、お布施その他の表書きの書き方を調べたが、よくわからず弱っていた。声を改めて、菩提寺に電話で尋ねた。寺務長の女性が丁寧に教えてくださって安心する。

3月7日

いよいよユキヤナギの白さが際立ってきた。フェンスの外に長く伸びたたくさんの枝一面に花が付いて、毎年、見事な眺めだった。それが散り始めると、それこそ雪が降ったように道路が白くなり、掃くのがひと仕事。

夫が毎日掃除してくれていたのに、去年は夫は病院で生死の境を彷徨っていた。私は夫の病院に通い、助かってくれる事を祈りながら道を掃いていた。

今年は花を見てから枝を大胆に切るつもりでいたが、咲き始めた枝だけ10本あまりを切って大きな花瓶に生けた。部屋に飾ったが気が変わり、リビングの前の庭に置いてみた。これなら花弁が散っても気にならない。前からこうすれば良かったのに、やはり切羽詰まらないとアイデアは湧かないらしい。

庭に沈丁花《じんちょうげ》の香りが漂い、地味ながらも春蘭がたくさん咲いている。フクジュソウは盛りを過ぎて、切れ込みの多い葉をあちこちでモクモクさせている。ユスラウメの蕾に桜色が覗き始め、ニリンソウも葉を茂らせてきた。

山歩きの好きだった夫が増やしてほしいと言ったフクジュソウとニリンソウ。株分けして増やしたのに、可憐な花を一緒に喜ぶ人は、もう、居ない。

3月10日

雛祭りも終わり、いつまでもお内裏様を飾ってはおけない。昨日まで曇りがちだったから、今日のうららかに晴れた日を使って大事に仕舞う。お雛様の掛け軸も外し、別の古い茶掛けに替えた。
「菜の花や　おしげもなしに　行く嵐」の賛に、墨画が添えられている。ちょうど今の季節かしら。菜の花の画があるので、花は生けないで、文殊菩薩《もんじゅぼさつ》が獅子に乗った青備前の香炉を置き床に飾ってみた。ずいぶん雰囲気が変わったでしょ、と、夫に語りかける。返事はないけれど、きっと楽しんでいるはず、と思う事にする。

3月11日

まりさんからメール。新聞の記事で、ダイヤモンド・プリンセスの元乗客らが、全国連絡会を結成した。「コロナの集団感染検証・再発防止を」求めて声明公表とある。どういう会なのかしら?

一周忌法要

3月14日

今日は11時から菩提寺で、一周忌の法要をしていただく。命日は22日だが、法事は早めのほうが良いと言われて今日にした。

日帰りなので、朝４時半に起床。仏壇にお水、お茶、ロウソク、お線香をあげて常のお参りをしてから食事。

お位牌や写真、お数珠、お線香とライター。そして、お布施やお塔婆料、墓地管理料などを再チェック。喪服に着替え、寒いのでウールのロングコート。家から菩提寺までは、3時間以上の道程だ。緊急事態宣言が延長されたのに、電車は想像以上に混んでいて、マスクを2枚重ねにしてしまった。どうしても身構えてしまう。

お寺に着いて、寺務長と話をする。夫はいつもフラリとやって来て、気楽な世間話をしてから、前の奥様のお墓参りをしていたそうな。ある時、再婚すると言って、その後に私を連れてきた。第一印象で、何か出版のような仕事をしていた方かと思われたとおっしゃる。そんな風に見えるのかしら？

法事用に写真を取りだして渡すと、涙ぐんで見ていらした。涙ぐんでくださる方があって幸せな事だ。それだけ思い出を遺しているのだもの。

二人の義兄夫婦一家６人と私の、７人だけの法要。私の長兄はまだアメリカで足止めされているし、次兄は免疫を下げる注射を受けていて家に籠もったままで欠席。両親はとっくに亡くなって、いつしか実家の感覚が薄れて、夫が存命していた時よりも夫の姓になりきっている自分に驚く。

立派な本堂に、椅子が離して置いてある。昨年の葬儀は、命日よりもずっと遅れて5月16日にしか執り行なえなかった。その日に限って天気が悪く、曇天から雨が降りだして、読経の声がかき消されるほどの土砂降りだった事が思い出されるが、今日は晴天に恵まれて穏やかに過ぎた。

まだ3月半ばなのに、去年5月よりも余程に暖かい陽光に照らされて、お塔婆を立て、順番にお線香を手向ける。あの世で、夫が心静かに過ごしているよう祈りながら、でも側にいてねと、矛盾した願いを呟く。

昨年と同じ店で昼食をいただいて、またまた家での孤食の虚しさを痛感する。上の義兄が「少し痩せたか？」と問う。義姉も、言うと気にするかと思って言わなかったと言われる。毎日鏡を見ていると、自分の変化に気付かないって本当。気遣ってくださる夫の親族の優しさに癒やされる。

夕方の6時頃に帰宅したが、疲れと、何よりも人混みが嫌だったので、すぐにお風呂に飛び込んで、身体中洗いあげた。夕食もそこそこにベッドに潜り込んでしまった。

3月17日

９時前、固定電話が鳴った。滅多に受話器を取らない事にしているが、たまたま出てみると、かつての夫の会社の上司だった。退職した後も夫は、同じ市内に居られるその方のお宅に伺って、梅林の梅の実の収穫の手伝いをしたと私に話してくれた事がある。

夫の命日を覚えていらして、花を送るから手向けてほしいと電話を掛けてくださった。

3月18日

昼頃、宅配便が届いた。夫が再就職した会社の女性からのお供えだった。

お礼に掛けた電話口の声は明るく若々しくて、実際お若いのだが、私までが晴れやかな気持ちにさせていただいた。

こうして一周忌を祈念してくださるのを、本当にありがたいと思うし、夫の生き様も改めて考えさせてくださって感謝の念でいっぱいになった。

緊急事態宣言が21日で解除される。本当に大丈夫なのかと不安がよぎる。もう第４波は来ないのか？　感染者数、死亡者数、重症者数、すべてが統計上の数値になり、生身の人間の問題からかけ離れてしまった感じがする。皆が鈍感になり、他人事としてニュースを見、行動している。

たくさんの方々が亡くなって、残された家族の、それぞれの悲嘆を思うと、居たたまれない。私のような悲しみを味わい喪失感に苦しんでいる人たちが、これ以上増えないように祈るばかりだ。

3月19日

夜、夫の大学時代の友人から電話が掛かった。そろそろ一周忌ではないかと。こうして覚えていてくださるって本当に嬉しい。彼の心の中に、夫がまだ生きているという事だから。

命日の22日よりも早めの14日に法事を行なった事を伝える。折々に、私がショボクレないように電話をくださるが、その度に何だかとても元気になれる。「君が落ち込んでいたら上から見ていて多岐沢が心配するよ～！　行ってきま～す！　って好きな所へ行って楽しんだら良いねん！」と、明かるい声でおっしゃられると、つられて笑ってしまう。夫は良い友人に恵まれた。

ざっくばらんな方だから、私もまたくだけた物言いで、まるで昔からの友人のように楽しいひと時を過ごす。安心して外出できる日が待ち遠しい。夫の友人の皆様との再会が待ち遠しい。

3月20日

先日お花を送ると言ってくださった、かつての上司の方から、大きな花束が届いた。ピンクのスイートピー、トルコ桔梗《ききょう》、ブルーのデルフィニウム、白のストックとスプレー菊、ごく淡いグリーンのカーネーション。春らしい優しい色合いに、お人柄が偲ばれるような花束。

花が好きだった夫も喜ぶだろう。仏前に手向け、お線香をあげた。お礼の電話をお掛けして、いろいろお話しした。梅の収穫をお手伝いしに伺って、梅の木から落ちたと聞いた事があります、と。笑っていらっしゃったが、一緒に楽しい時間を過ごしていたのだろう。幸せな人だ。

今年もまた金柑の実が熟し

3月21日

予報通りの雨の中、まりさんから何かが届いた。

生花？　冷蔵？？？　開けてみると、洒落た黒い小箱に入ったお花のアレンジメント！

小さな薔薇やカーネーションや名前を知らない花たちが、まるで繊細な砂糖菓子のように平らにギッシリと詰まっている。それぞれに異なったピンクも愛らしくて、思わず息を呑んで、微笑んでしまった。そして、その心遣いに涙が滲《にじ》んだ。

夫の写真の前に飾って、電話をお掛けした。

「ご命日は明日だけれど、一日早くと思ったのよ」と、私の涙に、涙で答えてくださる。悲しみを分かち合っていただける有り難さ。

ダイヤモンド・プリンセスのビュッフェで、たまたま同席しなかったら、知らないままだったのに。今、こうして夫の死を悼み、夫の笑顔を覚えていてくださる。新型コロナウイルスの情報を交換したり、一度罹患した者のワクチン接種への不安を口にできる。孤立を感ぜずに今日まで過ごせたのは、ひとえに彼女がいてくださったお陰と思っている。

3月22日

降り続ける雨は夜に入って激しさを増した。深夜、目を覚ますと、強風の唸りと共に家に叩きつけている。

去年、病院から呼びだされた時間だ。それから間もなく、夫は息を引き取った。葬儀の時の土砂降りを思い起こす。雨や嵐で、伝えたい事は何かと、思いをめぐらす。

２時22分——夫の死亡時刻とされた時間。外は静まり返っている。

嵐が嘘だったかのような静寂の中で、すべてが無に帰して、重力もない感覚を味わっていた。

夫の命日の朝。いつものように、ロウソクを灯し、お線香を上げ、お茶やお水を供える。お経を上げてから、庭の濃い色に熟した金柑をグラスに盛って、お供えした。

夫が大事にした金柑の古木がある。家を建て替える時、邪魔になるし、植木屋さんにも、移植は無理で枯れると言われた。しかし夫はどうしても残したいとこだわった。思い出があるのだろう。

私の言う通りに枝を払ってくれたら何としても生かすからと、半ば命令するように指図した。いつもなら反撥するのに、「こんなに切るの？」とか言いながらも、素直に枝を落とした。私は私で、掘り起こせた根と枝葉のバランスを見ながら、丁寧に別の場所に埋めて、元気でいてね！　と木に言い聞かせた。

基礎工事から新築まで6か月。それから今の場所に定植して5年。金柑は毎年花を咲かせ、実を付けている。

２０１３年1月、親切な運送屋さんのお陰で、私は気に入りの花木や草花、庭石にしていた溶岩までを、巨大なトラックに積み込んで引っ越してきた。狭いけれど、この庭の木や草は、曾祖母と両親と私、夫と前の奥様、夫と私、との数知れぬ思い出を宿して賑やかだ。もう60年以上も私と一緒の、ガーベラやアワモリショウマだって健在なのだから。だから庭に降り立つと、それぞれ自分の来し方を語る植物との対話に、刻を忘れる。

夫が亡くなって一年経ったという実感がない。胸の中に、名状し難い黒い重たい塊がドンと居座って動かない。普通に日常生活は送っているし、取りあえず他の人とソツなく話し、笑うけれど、それとて何か芝居をしているような居心地の悪さが付きまとう。

夜の眠りの中でも脳が働いていて、頻繁に目覚める。熟睡した感覚がなく、いつも疲れている。

東京で桜が満開というニュースが流れた。一昨年までは、この季節になるとウズウズして何十年も花見を欠かさなかったのに、今、桜と聞いても心が動かない。千鳥《ちどり》ケ《が》淵《ふち》が大好きで毎年行ったのに、映像を見ても惹《ひ》かれない自分に違和感を覚える。新型コロナウイルスの感染が収束すれば、気持ちも変わるのだろうか？

「終わりに」にかえて

楽しい旅の記録としてつけ始めたダイヤモンド・プリンセス乗船日記が、まさか新型コロナウイルス感染日記になろうとは、誰が予想できただろう。輝きに満ちた日々が、ウイルスとの凄絶な闘いの日々に暗転した。

あまりにも厳しい現実は、感傷をまじえる隙を与えず、出来事だけの記録になっていった。留置された船室内で、何時に、何をしたか、何が起こったか、どこに連絡したか、相手の名前は何か、誰からメールがきたか……。そして、その後もひたすら正確さを期して、詳細に付けた記録は相当の量になった。

夫の、思いもよらぬ死に直面し、コロナ感染死独特の悲哀を体験したのちの葬儀で、胸に刻んだ決意。それは単純に夫の悔しさを代弁するのではなく、私自身の悔しさ、怒りと共に、未知のウイルスへの感染の実態を、手書きのノートではなく、印刷物として残す、という事だった。

ダイヤモンド・プリンセスの特殊な環境。そこでの感染は精神に強烈なダメージを与えた。人は言う。旅を楽しんだのだからいいじゃないの、と。とんでもない！　あの船でご一緒して親しくさせていただいているまりさんと、よく電話で話をする。こんな気持ちは、感染しなかった人には決してわからないでしょうね、と。

複雑に屈折した気持ち。人や物の見方まで変わってしまうほどの衝撃を、知らない人は大袈裟と受け取るだろうか……。だが、それが真実。

あの船で新型コロナウイルスに感染して亡くなったのが13人。夫以外の12人の方々のご家族の事は知る由もない。感染者は７１２人。私自身とまりさんご夫妻以外の事は知らない。さまざまな事情があって、声を上げる方がいらっしゃらないのならば、船の中の真実を伝える義務が私にはあるのかもしれない。天災ではなくて人災。事故ではなくて事件だと、しきりに思う。

日記を整理し、その時々の状況の説明を加えて書きまとめるのに、長い月日が経ってしまった。最初のウイルスが変異を繰り返し、ワクチン接種に話題が移っていくなか、様子を訊ねてくださる電話やメールも次第に間遠になり、そうして、一つの事件が忘れられ、終わっていく。自然の成り行きと思う半面、フェーズが変わっても新型コロナウイルスの事件の原点はここにある、とも思う。

おそらく、これからも新しい未知のウイルスが出現するだろう。その時に備えて、政府も医療も、さまざまな手立てを用意しておいてほしい。今回のような大混乱は、もう終わりにしてほしいと痛切に願っている。


この手記を書籍にするにあたって、最後に少しだけ、夫と私について書き足しておきたいと思う。

彼が65歳で私に会うまでの長い歳月の間の出来事は知らないが、話してくれた事と私が知った事を記しておきたい。彼は高校生の時に母を亡くしたという。末っ子だから可愛がられていただろうに、多感な時期の母の死は、彼の心に大きな傷と悲しみを残したと思う。しかし暗くはならず、オープンで温かい性格だった。何よりも笑い声が包み込むようで心地よかった。

就職して営業で車を使っていた時、同期の中で最初に事故を起こすのは彼だろうと皆が予想したのに、一度も事故を起こさなかったという。営業の後は、財務に代わってずいぶん活躍したらしい。闊達《かったつ》で人懐こい素直さがあって、交友関係にも恵まれ、大学卒業後も気の合った仲間の会が続いているし、仕事上の同期の会にも毎年嬉しそうに出掛けていた。

前の奥様との若々しく楽しそうな生活は、残された写真が物語っている。テニス、スキー、登山、サイクリング、弓道、そしてダイビング、スイミング……。いつも軽快だった動作は、それらのスポーツに由来するのかも知れない。

その後の奥様の闘病に、彼はいつでも病院に連れていけるようにと、ジーンズをはいて寝ていたとよく話していた。そして死別。ひとり暮らしになってからは、休日ごとに座禅に通ったという。

夫の最期の日々を記録にとどめる作業と、並行して行なっていた様々な手続きの作業は、改めて私にたくさんの気付きを与えてくれた。そして、直接お会いする事のなかった夫の友人、知人から、私に出会う以前の彼の人となりを伺う事ができた。丁寧に自分の人生を生きてきた夫の素顔に触れる事ができた。

慎重さと無謀さ、謹厳と野放図、様々に相反する性格を窺《うかが》い知る事ができたのが亡くなった後とは、何て皮肉だろう。もっと早く、もっと深く、互いを分かり合っていたならばと思わずにはいられないが仕方ない。

私も末っ子で、躾《しつけ》は非常に厳しかったが、曾祖母と両親に可愛いがられた。腺病質で、幼少期は週に何回も、お医者さんが往診にみえた。40歳まで生きられないと言われていたのが70歳過ぎても健在なのは、大事に育てられたお陰と思っている。

隆盛だった父の事業は、兄弟会社だったから、4人の叔父の戦死により、戦争を境に一転し否応なく縮小した。そんな中で私たち兄妹3人を私立学校に通わせ、大学まで卒業させるのは並大抵の事ではなかったろうが、そんな素振りも見せなかった両親に、今更ながら深く感謝している。

就職してから、家に食費を入れるのは当然だったが、それと同時にいくつかの楽しみも覚えた。花嫁修業のような華道をはじめ、各種のコンサートに行ったり、茶道、木彫、スイミング、社交ダンス……。

父は元気そのものだったのに、仕事上の凄まじいストレスが引き金になったのか、60歳で病を得た。幾つもの病院を遍歴して、ようやくそれが難病指定の重症筋無力症とわかり、合う薬に辿り着くまでにも相当の月日が掛かった。薬が効いている間は健常者と同じだが、薬効が切れた途端に全身の筋力が失われる。一緒に暮らさない人間には想像さえできない落差の激しさは、本人にも看病する側にも非常なストレスになった。ただ父は薬以外の療法も試して、落ち着いていた時期もあり、母も中断していた茶道を始めて、いろいろな茶事を催し、本当の意味の茶道の奥深さを私にもお弟子さんたちにも伝えてくれた。

その頃の事だ。アメリカに渡った長兄が、両親と私を半月くらい招待して、アメリカという国の豊かさ、広大さを教えてくれたのは。こんな国と戦争をした無謀さを否応なく思い知らされた。

落ち着いていた父の病状が悪化して、毎日が神経戦のようになった時、私は地方に出掛ける事の多かった出版の仕事を辞めた。母一人では到底面倒を見られない。ある日、病院から帰宅して休んでいた父が、急に息ができなくなった。救急車を頼んで、近くの病院で気管切開を受けたが、その傷口からＭＲＳＡに感染し、結果、多臓器不全で亡くなった。

若い時には社交ダンスに興じ、ピアノを弾いたり、茶道と宗教哲学に造詣の深かった母だが、看病疲れからか、95歳で亡くなるまでの17年間に、様々の病気で15回も入退院を繰り返した。原因不明の全身の発疹から始まって、蜂《ほう》窩《か》織《しき》炎《えん》、大腸癌、骨折、心臓ペースメーカー埋め込みを2回（2回目の手術は10時間を超え、その間に3回も心臓が止まっては蘇《そ》生《せい》させていただいた）、腸閉塞（判断ミスで手遅れになり、小腸、盲腸、大腸の一部まで、１８０センチも切除した。ホルマリンの入った巨大な容器の中でたゆたっている母の腸を、私一人で確認した時の衝撃は忘れられない）……。

それぞれの入院で、母が、どれほどの堪え難い痛みや苦しさを味わっていたかと想像するだけで身がすくむ。私が付いていながら辛い思いをさせてしまったと、自分を責め続ける。亡くなるまで、ずっと頭は冴えていたから、絶望し続けの毎日だったろうが、大正生まれの母は毅然《きぜん》とした態度を崩さなかった。どうしてそれほどの矜持《きょうじ》を保っていられたのか、まだまだ母に学ぶ事がたくさんあり過ぎて、昭和生まれは足下にも及ばない。

残された母の、いずれは介護が必要と思って取得したヘルパー2級の知識は役立ちはしたが、寝たきりを一人で世話をするのは、いくらヘルパーさんの助けがあっても、肉体的にも精神的にも追い詰められる事がある。そんな時に、少しの息抜きをさせてもらったら？　と友人に勧められて会ったのが彼だった。母がショートステイの日に、たまに会って食事やドライブで気分転換をはかってくれた彼の優しさは身に染みた。

懸命に看病しても、死期は訪れる。入院した母の面会に私が顔を出した時の、輝くような母の笑顔。面会時間ギリギリで別れる時の後ろ髪を引かれるような悲哀。帰宅する時の足取りの重さ。そんな事を何日も何日も繰り返して、母は逝ってしまった。

夜中に彼が車で病院に駆けつけ、葬儀社まで来て、一緒に説明を受けてくれた。動転していて要点を摑めない私を補佐して、メモを取っていた。深夜3時過ぎに説明が終わり、私を家に送って、自宅に帰っていく彼に、どれほど感謝した事か。

葬儀が終わり、茫然としているばかりの私を車で連れだしたり、美味しい物を運んできて一緒に食事をしたりして気を紛らわす。家の片付けに途方に暮れている時も、彼の手助けは力強かった。寒い戸外で、不要な家具を壊し、ステーションワゴンに積んでは、ゴミ焼却場に何度も運んだ。

彼が言ってくれた言葉。

「あなたは一人で暮らせる人じゃない。私が守ってあげる」

そして、かけがえのない夫になった。

共に暮らしたのは、彼の生涯の最後の7年間でしかないが、その間の、語り尽くせないほどの出来事、喜びや葛藤の記憶は溢れるほどにある。多少の波風があったとしても夫婦として当たり前の事で、取るに足りない。彼との生活は、嵐の末に、ようやく辿り着いた港に憩うような安心に満ちていた。

そして最後に、ダイヤモンド・プリンセスという事件が起こって、私たちは引き裂かれた。

夫が亡くなって、一年以上が経っても、私の心の中にはまだ笑顔の彼が息づいている。キッチンに立って、夫の愛用した菜箸を持った時、彼の手の温もりを感じて涙がこぼれた。

以来、その菜箸には触れる事ができず、引き出しの中にあるのを毎日、料理の度に眺めている。夫のしなやかで大きな手は、人混みの中で、階段の上り下りで、交差点を渡る時、いつも私の手をしっかりと包んでくれた。

ガラス越しに手と手を合わせた時、どれほど直接に握りしめたかったか。直接に触れられなかった哀しみを、いつまで引き摺っていくのだろう。

夫は元来は低めの深い声だったのに、機嫌よく何かをしている時の鼻歌が、「アラッ?」っというほど高い可愛い声だった事も耳に残っている。時折そんな事を思い出すと微笑みが浮かび、そして、その後で、涙ぐむ。

美しい音色で夫は口笛を吹いた。CDでオールディーズをよく聴いたけれど、ヴォーカルの合間合間に口笛ではさむ合いの手のようなメロディーは、見事なハーモニーになっていて、何処で身に付けたのか、音符が読めないなんて嘘と思っていた。もはや確かめる術のないのが口惜しい。

家からバス停まで、およそ5分。住宅街の夜道は街灯が灯っていても、静まり返って寂しい。そんな道を一人で歩くのは気味が悪いと言うと、夫はバスの到着時間に合わせて迎えに来てくれた。車だったり、呑んでしまうと歩いて。時には突然の大雨の中、大きな傘を持って。

月に2回くらいの事だったのに、思い出というのは不思議なもので、その時その時がまとまって押し寄せてくる。いつも迎えに来てくれたかのような錯覚を起こす。

今でも、バスに乗って帰ってくる度に、知らず知らずに夫の姿を目で探している自分に気づく。まだ明るい時間でさえも。そして大事にしてくれた夫の思いに寄り添って、独り言を呟きながら家に向かう。


数え切れない想いが、一冊の本を作る原動力になった気がする。黙ってはいられなかった。何のためでもなく、ただ夫と私の生きてきた証を残したかった。夫に守られた日々を、いきなり奪い取られた、その喪失感の激しさがマグマのように胸の中で渦巻いていた。新型コロナウイルスのしたたかな凶暴さに憎しみを募らせていた。それらすべてを記録しておきたかった。

今回の事件への怒り、悔しさ、悲しみを、風化させたくなかった。大切な人を憶えている限り、その人は生きている。忘れた時、初めて、その人が存在しなくなる。それが、私の信念。本当の事を書いて本に残すという事は、自分を曝けだす事なのだと、つくづく思う。それでも私は、書かずにはいられなかった。

生身の人間の、非常に個人的な出来事だけを書いたこの文章を、ありのままに受け止めていただけたら幸いと思う。

2021年7月14日

多岐沢　よう子

著者プロフィール
多岐沢 よう子（たきざわ ようこ）
1945年生まれ
神奈川県出身
早稲田大学第一文学部仏文科卒業
洋書輸入販売会社勤務の後、出版社勤務

ダイヤモンド・プリンセス　別れへの船出
結婚記念日を祝う夫婦を新型コロナウイルスが襲った

2021年９月15日　初版第１刷発行

著　者　多岐沢 よう子
発行者　瓜谷 綱延
発行所　株式会社文芸社
〒160-0022　東京都新宿区新宿1－10－1
電話　03-5369-3060（代表）
03-5369-2299（販売）

印刷所　株式会社フクイン

ISBN978-4-286-22891-4